누더기 앤

ABOMINATION
Copyright © 1998 by Robert Swindells
All rights reserved.
Korean Translation Copyright © 2008 by BOOKNBEAN PUBLISHER
This korean edition published by arrangement with Jennifer Luithlen Agency
through Imprima Korea Agency

이 책의 한국어판 저작권은 Imprima Korea Agency를 통해
Jennifer Luithlen Agency와의 독점계약으로 책과콩나무에 있습니다.
저작권법에 의해 한국 내에서 보호를 받는 저작물이므로
무단전재와 무단복제를 금합니다.

누더기 앤

로버트 스윈델스 지음 · 천미나 옮김

책과콩나무

차례

마사 이야기

#1 혐오 7
#3 의로운 사람들 12
#5 내겐 모두 금지된 것들 18
#7 나의 일요일 25
#9 집에는 데려오면 안 돼 32
#12 이젠 혼자가 아니다 41
#13 운수 나쁜 사람들 46
#14 언니를 잊지 않을 거지? 50
#16 난 우리가 친구라고 생각했어 56
#18 스콧이 내 손을 꼭 잡았다 66
#20 스콧이 있을까? 74
#22 그 동안 뭘 기다리고 있었니? 83
#23 행복하니, 마파? 87
#25 용감해져라 93
#27 이대로 영원히 있었으면 102
#29 우리 집은 끔찍해 109
#31 이제 난 새로운 마사다 116
#33 결심 122
#34 스콧이 찾아오다 124
#36 지하실 괴물 132
#38 내가 누리는 축복들 136
#40 젠장, 나도 할 만큼 했어 140
#42 언니 나와라, 오바 147
#43 엄마가 필요한가 보죠 151
#45 게임 끝 156
#47 아침 햇살 속으로 뛰쳐나오다 161
#48 멋졌어, 마파 164
#50 이사 170
#51 실낱같은 희망 173
#53 위험한 계획 179
#56 이동 광선을 쏘아 줘, 스코티 189
#58 가자, 마파! 194
#60 내 첫 이메일의 주인공, 과연 누굴까? 202

#2 누더기 앤 10
#4 절대 울지 않는 작은 동물 15
#6 나한테 마술을 걸었나 봐 21
#8 마사의 얼굴이 빨개졌다 29
#10 이게 다 마사 때문이다 35
#11 시건방 스코티 38
#13 운수 나쁜 사람들 46
#15 나는 마사가 좋다 52
#17 내가 도와 줄게 60
#19 백마 탄 기사 70
#21 월요일이 빨리 왔으면 79
#24 시간이 흐르면 89
#26 걱정은 나중에 하자 97
#28 방법을 찾을 거야 106
#30 그냥 좋은 친구? 113
#32 마사네 어머니 119
#35 일회용 기저귀 127
#37 바보는 뛰어들어간다 134
#39 엄청난 진실 138
#41 충격 그 자체야 143
#44 악몽 154
#46 제발 받기만 한다면 158
#49 널 지켜 주고 싶어 168
#52 절박한 사람은 댄 하나가 아니야 176
#54 이메일 182
#55 마사의 쪽지 185
#57 접속 성공, 모선 접근 중 192
#59 내 생각하고 있니, 마사? 200

옮긴이의 말 205

스콧 이야기

마사 이야기 #1 혐오

오늘 또 애들이 집까지 나를 쫓아왔다. 그런데 이번에는 스콧이 새로 끼여 있었다. 어제 나를 보고 웃어 주었을 때만 해도, 혹시 내 친구가 되어 주지 않을까 기대했지만 내 생각이 틀렸다. 테일러 힐을 올라가는 나를 보며, 그 애도 다른 애들과 똑같이 '누더기 앤'*을 외쳐 댔다.

집 안으로 들어서자 어머니가 말했다.

"뛰어왔구나."

애들에게 쫓긴다는 사실을 한 번도 어머니에게 말한 적이 없다. 더군다나 어머니는 내가 달리는 걸 질색하는 편이다.

"네, 어머니. 죄송해요."

어머니는 혀를 차며 고개를 설레설레 흔들었다.

"때가 있는 거야, 마사. 하늘 아래 모든 목적에는 때가 있단다."

나는 내 이름이 싫다. 마사.** 성경에 나오는 이름이지만 애들은 바보 같은 이름이라고 생각한다. 애들은 나를 '아서'나 '마'라

---

* '래기디 앤(Raggedy Ann)'이라고 불리는 붉은 머리 여자아이의 봉제인형
** Martha, 성경에는 '성 마르다(Saint Martha)'로 나온다. 마리아와 나사로의 누이이며, 요리사의 수호성인이기도 하다.

고도 부른다. 하지만 그건 운이 좋을 때 얘기고 대개는 '누더기 앤'이라고 부른다. 다 내 옷 때문이다. 어머니가 내 옷을 직접 만들어 주는데, 나는 제발 그러지 않았으면 좋겠다. 물론 좋은 옷이고, 나를 사랑하기 때문에 손수 바느질까지 해 주는 어머니의 마음도 잘 안다. 하지만 내 옷은 남들과 다르다. 그렇다고 내 옷이 진짜 누더기라는 말은 아니다. 진짜 누더기라서 애들이 나를 누더기 앤이라고 부르는 게 아니란 말이다. 나한테 누더기를 입히느니 어머니는 차라리 죽는 쪽을 택하겠지만, 내 옷은 그다지 좋아 보이지 않는다. 한눈에도 집에서 만든 옷이라는 티가 난다. 어머니에게 다른 애들은 나이키 운동화에 트레이닝복을 입고 다닌다며 투정을 부려 보기도 하지만 어머니는 이렇게 말할 뿐이다.

"모두 헛된 거야."

어머니의 말은 모두 성경에 나오는 말이다.

다른 애들은 성경을 잘 모른다. 어머니는 다른 애들이 이방인들처럼 어둠 속에서 자란다고 하지만, 난 잘 모르겠다. 물론 나도 성경에 나오는 하나님의 말씀을 알고, 하나님은 절대 거짓을 말하는 분이 아니라는 사실도 잘 안다. 하지만 성경대로라면 온유한 자가 땅을 차지해야 한다. 그런데 온유한 건 바로 나지 그 애들이 아닌데도, 땅을 차지하는 건 그 애들이다. 나는 내 몫인 조금의 땅마저도 차지하지 못한다.

오늘은 화요일이어서 완두콩과 으깬 감자를 곁들인 양고기 커

틀릿을 먹었다. 아버지는 소박한 음식이 최고라고 말한다. 몸에 좋은 소박한 음식. 우리는 피자나 카레 같은 음식은 절대 먹지 않는다. 어쩌다 케이크나 비스킷을 먹기는 하지만, 내 옷처럼 집에서 만든 음식만 먹는다. 가게에서 파는 음식은 게으른 사람들이나 사다 먹는 거라나.

나는 식탁에 앉기 전에 반드시 해야만 하는 일이 있다. 바로 '혐오'의 밥을 챙겨 주는 일, 내가 맡은 집안일 가운데 가장 싫어하는 일이다. 애들에게 머리칼을 잡아 뜯기거나 놀림을 당하고, 뒤를 쫓기는 일보다 훨씬 더 끔찍하다. 지하실이 싫지만, 혐오가 사는 곳이 지하실이기 때문에 하루도 빠짐없이 지하실로 내려가야 한다. 애들이 이 사실을 알면 날 내버려 둘지도 모르지만, 애들은 모른다. 비밀이기 때문이다. 아버지와 어머니, 나 말고는 그 누구도 모른다. 참, 아마도 하나님은 알지도. 하나님에게 비밀이란 없으니까.

스콧 이야기 **#2 누더기 앤**

사우스스콧 중학교는 다닐 만했다. 나는 휠라이트 선생님 반이다. 선생님도 좋다. 컴퓨터를 좋아하는데다 맨유 팬이니 나쁠 리가 있나. 친구들도 괜찮다. 잘난 척하는 애 한두 명과 덜떨어진 애들이 몇 명 있긴 하지만, 어딜 가나 그런 애들은 있기 마련이니까. 운동장도 끝내주고, 점심시간에는 밥 먹고 도서관에서 컴퓨터를 할 수도 있다. 컴퓨터가 열 대뿐이고 선착순이라 서둘러야 하지만.

아, 깜빡할 뻔했다. 정말 이상한 여자애가 하나 있다. 마사 듀허스트. 담임 선생님이 나를 그 애가 있는 모둠에 앉히자 다른 애들이 깔깔거리며 웃었다. 영문을 몰라 어리둥절해 하는데 쉬는 시간에 사이몬이라는 애가 오더니 말을 걸었다.

"이 옮기 싫으면 누더기 앤한테 가까이 가지 않는 게 좋을걸."

누더기 앤, 그 애의 별명이었다. 진짜 이가 있는 것 같지는 않았지만, 같은 모둠의 다른 애들과 그 애 사이에는 마음의 틈이 있어 보였다. 아무도 그 애에게는 지우개를 빌려 주지 않았다. 그 애 옷차림은 좀 유별났다. 다른 애들과는 달랐다. 무슨 제복 같은, 밤색 스웨터에 회색 치마를 입고 있었다. 엄마가 집에서 만들어 준 옷이 분명했다. 아니면 할머니든지.

수업이 끝나면 이런 놀이를 했다. 누더기 앤 쫓기 놀이. 몇몇 애들이 이렇게 노래를 시작한다.
"누더기 앤을 쫓아라, 누더기 앤을 쫓아라."
나중에는 다른 애들 서넛이 더 따라붙어서 다 하면 얼추 열 명쯤 된다. 난 어제는 따라가지 않았다. 굳이 말하자면, 좀 미안한 마음이 들었다. 그런데 오늘은 나도 따라갔다. 사이몬이 먼저 시작했는데, 사이몬은 내 친구였기 때문이다. 달아나는 그 애의 모습은 정말 우스꽝스러웠다. 뛸 때마다 깡마른 긴 다리를 옆으로 벌리고, 양팔을 사방으로 흔들어 댔다. 우리나라 끝까지 뛰어가는 게 아닐까 의심스러울 정도였다. 애들은 그 애를 잡으려는 게 아니었다. 잡으려고 했다면 벌써 잡고도 남았겠지만, 애들은 50미터쯤 사이를 두고 "누더기 앤, 누더기 앤, 기회만 와 봐라, 가만두지 않겠다."라는 노래를 부르며 뒤를 쫓을 뿐이었다. 마사는 애들의 진짜 목적을 모르는 것 같았다. 온 힘을 다해 달리는 모습을 보면 말이다. 마사는 가파른 테일러 힐 꼭대기에 사는데, 대문에 다다를 때쯤이면 쓰러지기 일보 직전이 된다. 우리는 맥 빠진 강도처럼 멈춰 서서, 비틀거리며 비탈길을 오르는 마사의 모습을 빤히 지켜보고 있다가 깔깔대며 장난도 치고, 담배 한 개비를 번갈아 피워 가며 언덕을 내려왔다.

나는 새 학교에 무난히 적응할 듯싶다.

마샤 이야기 #3 의로운 사람들

　내가 가장 좋아하는 시간은 저녁 먹고 나 혼자 있을 때다. 아버지는 보험회사 판매원이다. 사람들이 퇴근하고 집에 있는 저녁때가 되면 아버지는 담당구역을 둘러보러 나간다. 어머니는 봉제인형 공장에서 저녁조로 일한다.
　설거지를 마치고 혐오의 똥을 치우고 나면, 겨울에는 아홉 시 반, 다른 때는 열 시까지 자유다. 우리 집에는 텔레비전이 없다. 가끔 BBC 제1라디오를 듣기도 하지만, 끌 때는 반드시 원래대로 채널을 맞춰 놓아야만 한다. '의로운 사람들'은 유행가를 통해 마귀가 아이들에게 손을 뻗친다고 믿기 때문이다. 의로운 사람들은 우리가 다니는 교회 이름이다. 작년 어느 날 밤인가 깜빡하고 그냥 올라갔다가 아침 뉴스 시간에 아버지가 라디오를 켰는데 마돈나 노래가 나오는 바람에 회초리 세례를 받았다. 사실은 지팡이인데 아버지는 회초리라고 우긴다. 아버지가 가장 좋아하는 성경 구절은 '마땅히 행할 길을 아이에게 가르쳐라. 그리하면 그는 늙어도 그것을 떠나지 아니하리라.' 이다. '그는' 이라고 했지 '그녀는' 이라는 말은 없다. 여자애들을 말하는 게 아닌데도 아버지는 그 사실을 모르는 듯했다. 그렇다고 나는 그 점을 따질 엄두가 나지 않았다.

체벌은 아주 조심스럽게 이루어진다. 사실이다. 남의 일에 주제넘게 참견하기 좋아하는 사람들조차 내 몸에 남은 자국을 발견하기란 쉽지 않다. 체벌 자국은 항상 엉덩이에만 남기 때문에 체육시간은 물론, 수영시간에도 보일 리가 없다. 다른 사람에게 보여 줄 수도 있지만, 그러면 아버지가 곤란해질 테고, 그 책임은 고스란히 내 몫이 된다. 아버지는 당신이 최선을 다한다고 확신하고 있으며, 모든 게 다름 아닌 나를 위한 일이라고 말한다.

주방에서 유행가 서너 곡을 들으며 빈둥거리다가 대개는 내 방으로 올라가 메리 언니가 보낸 엽서들을 읽는다. 메리 언니는 어른이 된 우리 언니다. 내가 여덟 살 때 아버지가 언니를 쫓아냈다. 엽서의 내용이 조금이라도 사실이라면 언니는 말 그대로 인생을 즐기며 산다. 엽서는 런던, 리버풀, 버밍엄처럼 온 나라에서 온다. 암스테르담에서 온 엽서도 있다. 어떤 건 어머니와 아버지 앞으로, 어떤 건 내 앞으로 온다. 내 앞으로 오는 엽서는 금지되어 있다. 아버지는 엽서를 읽지도 않고 갈기갈기 찢어 쓰레기통에 던져 버리지만, 내가 찾아내 테이프로 도로 잘 붙인다. 여덟 살 때부터 그랬다. 이제는 서른한 장의 엽서가 마룻바닥 밑 구두 상자 속에 블러* 포스터, 포인트 호러** 네 권, 그리고 우리 부모님이 탐탁지 않게 생각하는 다른 물건들 서너 개와 함께 고이 모셔져 있다.

어머니는 우리가 의로운 사람들이기 때문에 특별하다고 하지만 내겐 아무런 위로가 되지 못한다. 특별하기 때문에 무언가를 숨겨야 한다면, 차라리 난 특별하지 않았으면 좋겠다.

* 영국의 유명한 팝그룹
** 미국의 유명한 공포소설 작가들이 쓴 청소년용 공포소설을 묶은 단편집. 1990년대 중반 영국에서 큰 인기를 끌었다.

#4 절대 울지 않는 작은 동물

스콧 이야기

토요일 오전, 시내에서 사이몬을 만나기로 했다. 사이몬이 시내 구경을 시켜 주기로 했는데, 하마터면 약속을 지키지 못할 뻔했다. 이사 오기 전에 우리는 버밍엄 근처에 살았는데, 엄마 아빠는 나 혼자서 절대로 시내에 나가지 못하게 했다. 두 분은 열네 살이 아직 어린 나이라고 했지만, 내 친구들 가운데 몇몇은 벌써 주말행사나 다름없는 일이다. 금요일 밤에 약속 이야기를 꺼내자 입씨름이 벌어졌다. 우리한테 물어보지도 않고 그런 약속을 해선 안 된다, 우리는 그 애를 알지도 못한다, 사이몬이라는 애, 그 애한테 전화해서 못 간다고 말해라…….

사이몬의 전화번호를 몰랐기 때문에 어떻게든 부모님을 설득해야 했다. 아빠는 전화번호부 책에서 찾아보라고 하셨지만 나는 사이몬의 성을 모르는 척했다. 당연히 알았지만(프리처드였다.) 아빠가 알 리가 있나. 결국 엄마 아빠는 스크래칠리는 작은 마을이니까 괜찮겠다고 마음을 정했다. 나는 뛸 듯이 기뻤다. 드디어 내가 더 이상 어린애가 아니라는 사실을 엄마 아빠가 인정이라도 한 것처럼 느껴졌다. 쿵쾅거리며 방을 빙빙 돌면서 아싸! 하고 소리치며 춤이라도 추고 싶었지만 꾹 참았다. 짐짓 침착한 척, 점잔을 뺐다.

 그날 밤 침대에 누웠는데 불현듯 마사가 떠올랐다. 왜인지는 모르겠다. 수요일과 목요일에는 다른 애들을 따라 그 애를 쫓아갔지만 오늘은 따라가지 않았다. 사이몬도 마찬가지였다. 우리는 약속을 잡느라 바빴다. 다른 애들은 여전히 그 애를 쫓아갔다. 마사가 다른 애들처럼 집까지 그냥 걸어가기는 틀린 것 같았다. 마사에게 미안한 마음이 들었지만 한편으로는 그 애 때문에 화도 났다. 엉뚱하게 들릴지 모르겠지만 사실이다. 그저 묵묵히 참기만 하는 태도가 나를 짜증나게 한다. 누구에게든 이른다면(담임 선생님이나 아니면 다른 선생님한테라도) 분명 무슨 조치든 취해 주지 않겠나, 이 말이다. 막아 주든지, 못하면 시늉이라도 할 거라는 얘기다. 그도 아니면 '왕따방지회의'도 있다.

 마사는 교실에서는 친구들을 보고도 아예 아는 척을 하지 않을뿐더러, 자기에게 말을 시키는 사람이 아무도 없는 듯 행동했다. 학용품을 빌려 달라는 말도 없고, 먼저 말을 걸려고도 하지 않았다. 눈을 내리깐 채 가만히 앉아 자기 일만 했다. 담임 선생님이 질문하면 애들이 히죽대는 소리를 무시하고 작은 소리로 대답하는데, 정답을 말하는 경우가 많았다. 그 무엇도 그 애를 망가뜨릴 수 없을 것 같았다. 그 애는 무기력한 작은 동물 같았다. 절대 울지 않는.

 그날 밤 나는 오랫동안 마사 생각을 하느라 쉽게 잠을 이루지 못했다. 그래서 다음 날 쇼핑센터에서 사이먼을 만났을 땐 오전 열 시가 아니라 꼭 밤 열 시처럼 느껴졌다. 누더기 앤 때문에 자꾸만 신경 쓰인다고 사이먼한테 말하면 어떻게 나올지 궁금했다. 하지만 말하지는 않았다. 단 한 명뿐인 친구를 놓치고 싶지 않았으니까.

마샤 이야기 #5 내겐 모두 금지된 것들

스콧이 자를 빌려 줬다. 아마 집에서 자를 쓰고 나서 다시 가방에 넣는다는 걸 깜빡했나 보다. 나는 자를 빌려 달라는 말을 하지 않았다. 여기저기 자를 찾는 내 모습을 보더니 스콧이 물었다.

"뭐 잃어버렸어?"

"응. 내 자."

나는 스콧이 히죽거리며 놀려 대거나 뭐 그럴 줄 알았는데 아니었다. 스콧은 잠자코 자기 자를 쓱 밀어 주었다. 막상 자를 집으려고 하면 다시 휙 낚아채지나 않을까 싶어 흘깃 쳐다보았지만 스콧은 글을 쓰고 있었다. 나는 제목 밑에 밑줄을 그은 다음에 다시 책상 위로 자를 살짝 밀어 주었다.

"고마워."

"뭘."

스콧은 고개를 들지 않고 대답했다. 그러자 트레이시 스탬퍼가 깐죽거리듯 말했다.

"나라면 자를 태워 버린다. 오염됐잖아."

스콧은 트레이시를 무시했다.

무슨 생각하는지 잘 안다. '그래서? 자 하나 빌려 준 일 가지고 뭘 그렇게 떠들어 대는데?' 보통 사람에게는 별일 아니라는 걸 잘 안다. 아이들은 다른 애들의 물건을 빌려 쓰는 게 다반사지만 나는 아니다. 오늘까지 그 누구도 내게 뭘 빌려 준 적도, 내 물건을 빌려 간 적도 없다. 그러니까 그저 한 번뿐이었을지라도, 스콧이 무슨 말을 한 것도 아니고, 나를 쳐다보지도 않았지만 내게는 대단한 일이 되는 거다. 덕분에 나는 신이 났다. 애들이 집까지 쫓아와도 개의치 않았다. 무리 속에 스콧이 없어서 오히려 기쁘기까지 했다. 이제껏 단 한 번도 무시당해 본 적이 없다면, 내 얘기가 바보 같은 소리로 들리는 게 당연하다.

나는 그 무엇보다 대화할 상대를 원한다. 내 삶에 대해. 집에서의 내 생활에 대해. 애들이 나를 왜 싫어하는지 나도 잘 안다. 그 애들 눈에는 내가 괴상해 보이겠지만 그건 내가 아니다. 내 마음은 그 애들과 똑같다. 유행가를 좋아하고, 텔레비전을 좋아하고, 새 옷을 좋아하지만 가질 수 없다. 내겐 모두 금지된 것들이다. 파티를 열거나 누구든 우리 집 식탁으로 초대하고 싶은 마음이야 굴뚝같지만, 우리 집으로는 절대 친구 한 명 데려올 수 없다. 교회에 가면 친구들이 있기는 하다. 의로운 사람들의 아이들. 걔네들끼리는 서로 만나고, 함께 놀기도 하지만 나는 아니다. 혐오가 발각될까 봐 그 누구도 집에 데려와서는 안 된다. 물론 내가 친구들의 집에 놀러 가는 건 괜찮다. 예전에는 놀러 가기도 했다. 하지만 우리 집으로 친구들을 데려와 논다는 건 꿈도 꿀 수 없는 일이기에, 지금 내 곁에는 아무도 없다. 걔네들을 탓할 일은 아니지만, 단 한 사람이라도 나를 이해해 주는, 내 마음을 알아주는 그런 친구가 있다면 버틸 수 있을 것 같다.

지금은 일곱 시. 부모님은 외출했고, 나는 침대에 누워 공상에 빠져 있다. 난 공상을 즐긴다. 잠깐이라도 현실을 탈출하는 나만의 비법이다. 그런데 지금의 공상은 현실에 바탕을 두고 있기 때문에 이제까지와는 차원이 다르다. 스콧이 나에게 자를 빌려 줬다는 현실. 공상 속에서 나는, 쉬는 시간에 스콧에게 다가가 고맙다는 말을 전하고, 이야기를 나눠 보니 스콧은 나를 좋아하고 있다. 나랑 데이트를 하고 싶어한다. 우리는 함께 '블러'의 라이브 콘서트에 간다. 부모님은 내가 성경 수업을 듣고 있는 줄 안다. 그때부터 우리 둘, 스콧과 나는 떼려야 뗄 수 없는 사이가 된다. 어느 날은 자전거 보관소 뒤에서 고든 린풋이 내 팔을 잡고 비틀었다는 사실을 알아내곤 스콧이 고든을 두들겨 패 준다. 이번에는 내가 수학 시험 시간에 눈앞이 캄캄해진 스콧을 위해 정답을 적은 쪽지를 슬며시 찔러준다. 우리는 공동 1등을 하고, 축하할 겸 기차를 타고 런던으로 가 근사한 호텔에 묵으며 옥스퍼드 거리에서 최신 유행하는 옷들을 모조리 사들인다. 아무것도 모르는 어머니와 아버지는 자동차 충돌로 혼수상태에 빠진다.

휴, 자 하나 빌려 쓴 일이 이렇게까지 가지를 칠 수 있다니 정말 대단하지?

`스콧 이야기` **#6 나한테 마술을 걸었나 봐**

시내에서는 즐거웠다. 도착하고 한 1분쯤 뒤, 사이먼이 나타났다. 우리는 게임 판매점에 갔다가 쇼핑센터에 있는 판매점 서너 군데를 더 들르고 나서 시내 구경에 나섰다. 스크래칠리에는 게임 판매점이 많지 않았다. 괜찮은 가게들은 모두 쇼핑센터에 있었다. 공원도 아주 마음에 들었다. 마을을 따라 흐르는 강둑 양쪽이 모두 공원인데, 공원을 잇는 다리가 놓여 있었다. 자전거 도로와 스케이트보드장, 야외 테이블까지 갖춘 카페도 있어서 햄버거와 콜라 등을 사 먹을 수 있었다. 애들은 토요일마다 시내로 갔다. 다른 애와 함께 온 트레이시 스탬퍼를 만났다. 트레이시가 나에게 말을 걸었다.

"누더기 앤을 기다리는 거라면 시간 낭비야. 걘 여기에 절대 안 오거든."

뭐 이런 애가 다 있담. 내가 마사한테 자를 빌려 줬다고 이러나 보다. 나는 트레이시에게 쏘아붙였다.

"아무도 기다리지 않지만, 기다린다 해도 너는 아니야."

도서관 역시 근사했다. 도서관 맨 위층에 있는 방에서는 때때로 니켈로디언*을 틀어 줬다. 계단에는 '어른 금지 구역'이라는 푯말이 붙어 있고, 방 안은 포스터와 모빌, 커다란 봉제인형들로 꾸며져 있었다. 나는 신이 나서 여기저기 구경하느라 바빴지만 주위엔 아무도 없었다. 사이먼은 마음대로 쓸 수 있는 연필과 퍼즐, 그 밖의 다른 물건들을 가지고 놀다가 비디오에 자기 모습이 찍히자 텔레비전에 나오는 자기 모습을 보느라 바빴다. 사이먼이 "다음 주에 또 오자."고 말했다.

우리는 배가 고파서 다시 공원으로 돌아가 허기를 달랬다. 따뜻하고 화창한 날이라 야외에 자리를 잡았다. 트레이시와 친구는 가고 없었다. 감자튀김과 치즈버거를 주문하고 기다리는 동안 콜라를 마셨는데, 일명 패스트푸드와는 거리가 멀었다. 맥도날드에 가서 먹었더라면 그 동안 비행기 타고 오스트레일리아까지 반은 날아가고 남았을 쯤에야 겨우 주문한 음식이 나왔다. 하지만 맛은 괜찮았다.

"탐험 얘기 들었냐?"

햄버거를 먹으며 사이먼이 물었다. 나는 고개를 저었다.

"진짜 끝내 줘. 중간 방학** 끝나면 여름마다 가. 사흘 동안. 행랜즈로. 카누 타기, 동굴 탐험, 밧줄 하강, 별 거 다 해. 회비는 70파운드. 킬러한테 알아봐."

---

*미국의 어린이 전문 케이블 TV 채널
**영국에서는 학기 중 5월 마지막 주에 일주일 정도 중간 방학이 있다.

킬러는 체육과 남학생 운동을 담당하는 킬로이 선생님이다.

"다 가?"

"다는 아니야. 어떤 집은 밧줄 하강 같은 운동을 질색하잖아. 위험하니까. 돈이 없는 집도 있고."

"그럼 사흘 동안 뭐 해? 안 가는 애들 말이야."

사이몬은 어깨를 으쓱했다.

"다른 학년 애들을 도와 주거나 외계인이 할 일을 찾아 주겠지."

외계인은 캐드베리 교장 선생님이다. 사이몬이 씩 웃었다.

"안 간다고 백 프로 장담할 만한 애가 하나 있지."

"누구?"

이미 짐작하고 있었지만 그 애가 내 마음 속에 없다는 걸 스스로 증명하고 싶었다.

"힌트를 줄게. 너희 모둠에 있는 애."

"마사?"

"정답. 칭찬 점수 1점 획득."

마사는 내 마음 속에 있었다. 그날 오전 내내.

'마사는 토요일마다 뭘 할까? 재미있을까? 재미라는 게 뭔지 나 알까? 그런데 내가 걔랑 무슨 상관이지?'

제발 그 찌무룩한 바보 같은 생각은 이제 그만. 머릿속에서는 자꾸만 그렇게 말했지만, 내 마음을 나도 어쩔 수가 없었다. 창백

한 얼굴, 나이프와 포크로 매만진 듯한 머리칼, 커다랗고 기분 나쁜 두 눈이 나를 계속 괴롭혔다.

정신 차려, 그 애는 마녀일 거야. 내 자를 만지면서 나한테 마술을 걸었나 봐.

마사 이야기 #7 나의 일요일

 일요일엔 다들 뭘 할까? 달콤한 늦잠, 푸짐한 아침식사, 조깅? 모르긴 해도 차를 타고 화원이나 일요 시장, 관광지 같은 데 놀러 갈 거다. 먼저 교회부터 가는 사람들도 있겠지만, 많지는 않다. 일주일을 꼬박 기다릴 만큼 좋은 날이라는 건 확실하다.

 나의 일요일 하루를 소개해 보자면 이렇다. 나의 안식일. 의로운 사람들의 안식일.

 여덟 살부터 지금껏 여름이나 겨울이나 똑같다. 비가 오나 눈이 오나.

 알람이 울린다. 일어나서 차가운 물에 세수하고 어머니가 만들어 준 갈색 원피스를 입고 침대를 정리한 다음 방을 정돈한다. 겨울에는 이 모든 일을 캄캄한 어둠 속에서 해야 한다. 여섯 시 사십오 분, 아래층으로 내려간다. 전등도, 난로도, 아침식사도 없다. 탁자 끝에 양초 하나가 타고 있을 뿐. 아버지가 대형 성경책을 옆에 놓고 탁자에 앉아 있다. 탁자 반대편에는, 때가 겨울이라면, 어둠 속에 어머니가 앉아 있다.

 "잘 잤니, 마사?"
 아버지가 인사를 한다.

"안녕히 주무셨어요, 아버지?"

내가 대답한다.

"잘 잤니, 마사?"

어머니가 인사한다.

"안녕히 주무셨어요, 어머니?"

나는 이렇게 대답하고 자리에 앉는다. 돌로 된 타일 바닥이라 의자 다리에서 끼익 하는 소리가 나지 않게 조심한다. 성경은 아버지가 읽고자 하는 쪽으로 펼쳐져 있다. 먼저 어머니와 나에게 짧은 기도를 올리게 한 다음, 구약 성경에 나온 이야기를 읽는다. 에서나 야곱, 기드온, 삼손이나 요나, 아니면 다른 이야기일 때도 있다. 이미 잘 아는 이야기다. 이야기를 마칠 때면 '하나님의 말씀'이라고 말하며 성경책을 덮는다. 이때가 일곱 시 십오 분쯤 된다. 지하실에서는 혐오가 배가 고파 난리를 피우지만, 말을 꺼내는 사람은 아무도 없다.

교회에 갈 준비를 한다. 2킬로미터 정도 떨어져 있지만 걸어서 간다. 태어난 이후, 딱 한 번 교회에 빠졌다. 밤새도록 눈이 내린 데다 바람까지 거셌다. 어떤 곳은 쌓인 눈이 1미터가 넘었다. 그때 나는 여덟 살이었다. 우리는 교회로 출발했지만 되돌아와야만 했다. 아버지가 메리 언니를 쫓아낸 지 며칠 되지 않은 때였다. 아버지는 못된 딸을 키워서 하나님이 벌을 내린 거라고 했다. 어렴풋한 기억으로는 아버지가 언니를 집에서 쫓아냈기 때문에 하나님이 벌을 준 걸지 모른다고 생각했던 것 같지만, 물론 입 밖으로 내지는 않았다. 어쩌면 여덟 살 때 했던 생각이 아니었을지 모른다. 더 커서 든 생각일지도 모르겠다. 어쨌든 그랬다.

　예배는 여덟 시 십오 분에 시작해서 열한 시까지 계속된다. 거짓말이 아니다. 꼬박 두 시간 사십오 분 동안 기도하고 설교를 듣는다. 교회는 춥고 휑하다. 딱딱한 나무 의자에 앉아 미동조차 허용되지 않는다. 아주 어린아이들까지 꼼짝 않고 앉아 집중해야 한다. 한겨울, 배는 고프고 장화 속에 들어간 눈 때문에 발은 축축할 때, 그러고 앉아 있는 기분이 어떨지 겪어 보지 않은 사람은 모른다. 하나님은 우리를 사랑하신다고 혼잣말로 아무리 중얼거려 보라. 뭐가 달라질까.

　예배가 끝나고 걸어서 집으로 돌아오다 보면 몸에 온기가 느껴지고, 집에 들어서면 다시 20세기로 돌아오는 게 허용된다. 아버지는 난방을 켜고, 어머니는 어제 요리해 둔 스튜를 전자레인지에 돌린다. 나는 지하실로 내려가 혐오에게 밥을 주는데, 지독히도 싫은 그 일이 끝나면 그 다음은 하루 중 가장 좋은 시간, 식사 시간이다.

　오후가 되면 아버지는 성경을 공부하고, 어머니는 바느질을 한다. 나는 그 동안 숙제를 한다. 다섯 시가 되면 여섯 시 예배를 위해 다시 걸어서 교회로 간다. 다시 그 의자들, 이번에는 한 시간 정도 걸린다. 예배가 끝나면 집으로 걸어와(나들이를 마친 보통 사람들은 차를 타고 쌩, 우리 옆을 지나간다.) 코코아를 한 잔 마시고 잠자리에 든다.

주방 벽에는 이런 구절이 적힌 액자가 걸려 있다.

'육 일 동안은 일할 것이나 일곱째 날은 쉼의 안식일이니.'

성경에도 그렇게 나와 있는데, 나는 왜 일요일 밤만 되면 지난 육 일보다 더 힘들고 지치는 걸까?

스콧 이야기 #8 마사의 얼굴이 빨개졌다

일요일 오후에 우연히 마사를 보았다. 오후 다섯 시쯤이었다. 차 타고 볼리 수생식물원에 갔다가 돌아오는 길이었는데, 나이가 많이 들어 보이는 두 사람과 함께 길을 걷고 있는 마사가 보였다. 부모님인 듯했다. 보면 알 거다. 해는 밝게 빛나고 아직은 날도 따뜻한데, 남자는 거의 발목까지 오는 두꺼운 검은 코트에 챙이 넓은 검은 모자를 썼고, 여자는 자선 바자회에 걸어 놓기에도 민망한 무늬 없는 갈색 옷을 입고 있었다. 낡고 낡은 모자를 쓴 모습이 꼭 생쥐 한 마리가 머리 위로 기어 올라가 뻗어 있는 것처럼 보였다. 역시 갈색 옷을 입은 마사는 두 사람 사이에서 고개를 푹 떨어뜨린 채 묵묵히 걷고 있었다. 우리 부모님이 그런 차림이라면 나 역시 바닥만 쳐다보며 걸었을 거다. 마사 옆을 지나치며 손을 흔들었지만, 마사는 나를 보지 못했다는 사실을 월요일 오전에 직접 묻고서야 알았다.

마사가 안 됐다는 생각이 들었다. 일요일 오후 다섯 시에 과연 어딜 가는지도 궁금했다. 아홉 시 종이 울리기 직전이었다. 마사는 평소처럼 교무실 앞 복도에 혼자 서 있었다. 나는 우연인 척 그쪽으로 지나갔다. 마사에게 나쁜 감정이 있는 건 아니었지만 굳이 마사와 함께 있으려 한다는 인상을 주기는 싫었다.

"안녕."

"어…… 안녕, 스콧."

마사의 얼굴이 빨개졌다. 마사의 얼굴에서 무슨 색깔을 본 건 그때가 처음이었다.

"어제 나 봤어, 못 봤어?"

"어제? 어디서?"

"웬트워스 거리. 오후에. 걸어가고 있던데. 우리는 차 타고 지나갔어."

마사가 고개를 저었다.

"그랬구나. 아니, 난 못 봤어."

"손 흔들었는데."

"네가? 고맙지만 정말 몰랐어."

"고맙긴, 그냥 손만 흔든 건데. 너희 부모님이셔?"

"응. 어머니와 아버지. 교회에 가는 길이었어."

"아하. 어느 교회 다녀?"

"말해도 모를 거야. 허슬러 거리에 있는 의로운 사람들의 교회인데, 겉보기엔 교회처럼 보이지 않거든. 뾰족탑 같은 것도 없고."

"그렇구나. 그 교회에선 뭐 해? 무슨 좋은 일?"

"어, 무슨 말인지 잘 모르겠어. 그냥 교회야. 교회에서 뭐 하는지는 너도 잘 알잖아."

"아니, 잘 몰라. 교회는 한 번도 안 가 봤거든. 학교 회의 같은 거, 그런 거야?"

"뭐랄까, 그보단 좀 더 진지하지. 더 길고."

"교회에도 친구들은 있겠네?"

마사는 어깨를 으쓱했다.

"그렇긴 한데. 우리 집에는 친구들을 못 데려오게 하니까 걔네들은 나랑 잘 안 놀아."

"왜 안 되는데?"

"왜냐하면⋯⋯ 아버지가 못하게 하시니까.".

"넌 항상 아버지가 시키는 대로 해?"

"뭐, 그렇지. 넌 아니야?"

"항상은 아니야. 오빠나 남동생은? 아니면 언니나 여동생?"

"아니. 나 혼자야."

마사는 얼굴을 찡그렸다.

"그런데 나한테 왜 이런 걸 물어보는 거니?"

"그냥 궁금해서. 나중에 보자."

예상보다 꽤 오래 마사와 함께 있었다. 돌아서 가는데 마사가 뒤에서 나를 불렀다.

"응, 스콧. 나중에."

나는 뒤돌아보지 않았다.

마사 이야기 #9 집에는 데려오면 안 돼

"기분 좋아 보인다, 마사. 학교에서 좋은 일 있었니?"
"네, 아버지."
여섯 시 삼십 분이었다. 저녁식사 중이었다. 간 요리였지만 이번만은 상관없었다.
"칭찬 점수라도 받았니?"
어머니가 물었다.
"아뇨."
"그럼?"
"새로 온 남자애요, 스콧. 나한테 말을 걸었어요. 이것저것 물었어요."
"어떤 걸 물었지, 마사?"
아버지의 목소리가 날카로워졌다.
"어, 저에 관한 거요. 어제 웬트워스 거리에서 나를 보고 손을 흔들었대요. 저는 못 봤거든요."
"얘야, 뭐라고 묻던?"
"정확히 기억은 안 나요. 두 분이 우리 부모님이냐고, 어디 가고 있었냐고, 형제는 있냐고."

"그래서 뭐라고 대답했는데?"

"저 혼자라고 했어요."

"잘했다. 잘 들어라, 마사."

아버지는 나이프와 포크를 식탁에 내려놓았다. 아버지가 모든 걸 다 망쳐 버리고 말 거다. 난 안다.

"친구가 있다는 건 좋은 일이지. 네 어머니와 나도 너한테 친구가 많았으면 좋겠다만, 우리 의로운 사람들은 다른 사람들과 다르다는 사실을 잊으면 안 돼. 워낙 달라서 우리를 이상하게 생각하기도 하지. 그 녀석을 너무 좋아하게 되었다가, 혹시라도 그 녀석이 너하고는 어울리기 힘들다는 사실을 깨닫고 만나지 않겠다고 하면, 그때는 너만 큰 상처를 입게 되는 거란다."

목이 콱 막혔다. 내가 이미 큰 상처를 입었다는 생각은 왜 못하는 걸까? 난 그냥 다른 애들처럼 되고 싶을 뿐인데, 아버지 눈에는 그게 보이지 않을까? 나는 고개를 흔들었다.

"좋아하는 거 아니에요, 아버지. 그 애가 먼저 말을 걸었고, 그뿐이에요. 그 애만 좋다면 제발 그 애랑 친구해도 좋다고 허락해 주세요."

아버지가 고개를 내저으며 한숨을 내쉬었다.

"얘야, 아버진 그저 네가 불행해지지 않도록 지켜 주고 싶은 거란다. 네가 좋다면 그 애랑 친구가 되어도 좋다만 조심해야 한다. 항상 입조심하고 절대 집에는 데려오면 안 돼."

집에는 데려오면 안 돼. 부모님은 내가 우리 집을 얼마나 싫어하는지 모른다. 할 수만 있다면, 누구를 데려오건 말건, '나'를 집에 데려오지 않겠다.

> 스콧 이야기

#10 이게 다 마사 때문이다

 화요일 아침, 사이몬과 싸웠다. 나는 사우스콧 중학교에서 사 귄 첫 번째 친구를 잃었다. 이게 다 마사 때문이다.
 정말 사소한 일이었지만 나를 열 받게 만들었다. 담임 선생님이 질문을 하자 마사가 손을 들었고, 선생님이 "그래, 마사?" 하고 마사를 시켰는데, 사이몬이 책상 밑에서 발로 마사를 툭 차는 바람에 마사가 "아얏!" 하며 소리를 질렀다. "대체 무슨 일이야?" 하며 선생님이 묻자, 마사는 사이몬을 이르는 대신 "아무것도 아니에요, 선생님."이라고 얼버무렸고, 선생님은 "아무것도 아닌 게 아닌 것 같은데, 마사."라고 눈치를 주고는 다른 애를 시켰다. 난 그냥 사이몬을 노려보며 화를 냈을 뿐이다.
 "허구한 날 똑같은 애를 괴롭히다니, 싫증나지도 않냐?"
 어쩌다 그런 말이 튀어나왔는지 나도 잘 모르겠다. 그런데 그게 꼬투리가 됐다.
 "그렇지 않아도 슬슬 지루해지던 참인데 네가 그런 말을 하다니 신기하다, 야. 새로운 표적이 어디 없을까 했는데 자원을 하신다 이거지."
 그때는 아무 생각도 없었다. 농담이려니 했지만 사이몬은 쉬는

누더기 앤 * 35

시간에도 내게 말을 걸지 않았다. "꺼져, 새끼야."라고 딱딱거리더니 나가 버렸다.

점심시간에는 더 심상치 않은 일이 벌어졌다. 식판을 들고 복도를 걸어가는데 갑자기 고든 린풋이 발을 쑥 내밀었다. 몸이 앞으로 고꾸라지면서 식판이 공중으로 붕 날았다. 접시 두 개가 바닥에 떨어지며 산산조각이 났다. 고기 소스와 커스터드가 사방으로 튀는 광경에 다들 환호성을 질러 댔다. 비틀거리며 일어서는데, 교사용 식탁에 있던 외계인이 벌떡 일어나 나를 향해 달려왔다.

"대체 무슨 장난을 벌인 거냐, 어?"

"교장 선생님……."

나는 고개로 고든을 가리켰다.

"저 자식이 발을 걸었습니다, 교장 선생님."

"거짓말이에요, 교장 선생님. 보세요!"

고든이 내 신발을 가리켰다.

"신발 끈이 풀려 있잖아요."

사실이었다. 내가 그렇지. 외계인은 나한테 대걸레와 양동이를 가져오라고 했고, 말 그대로 전교생이 지켜보다시피 하는 가운데 어질러진 음식을 치우고 바닥을 훔쳤다. 그러는 내내 외계인은 내 옆에서 지키고 서 있었다. 얼마나 얼굴이 달아올랐는지 두 볼이 다 타 버릴 것만 같았다. 걸레질을 마치자 외계인은 오후 수업을 시작할 때까지 교장실 밖에서 서 있으라며 나를 교장실로 보냈다. 점심도 못 먹고, 운동장에서 고든을 때려눕힐 기회도 놓치고, 속만 부글부글 끓었다.
'괜찮아. 학교 끝날 때까지만 참자.'
하지만 상황이 훨씬 더 심각해지리라고는 꿈에도 생각지 못했다.

#11 시건방 스코티

세 시 반. 휴대품 보관실로 갔을 때 고든이 벌써 사라지고 없는 걸 보니, 내가 벼르고 있다는 걸 눈치챈 게 틀림없었다. 웃옷을 집어 들고 밖으로 나왔더니, 애들이 문을 빙 둘러싼 채 나를 기다리고 있었다. 사이몬, 트레이시, 늘 마사 뒤를 쫓는 게리 라티머와 폴 모슨이라는 두 녀석, 그리고 바로 고든이었다. 나는 대체 무슨 수작인지 의아해 하며 애들과 마주 섰다.

사이몬이 입가에 웃음을 띠며 물었다.

"스콧, 누구 찾냐?"

"그래, 쟤."

내가 고개로 고든을 가리키며 대답했다.

"고든? 왜? 쟤가 뭐 잘못했냐?"

"저 자식이 알아."

사이몬이 고든을 바라봤다.

"스콧한테 뭐 잘못했냐?"

고든이 어깨를 으쓱했다.

"아니, 사이몬. 내가 알기론 없는데."

사이몬이 내 쪽을 바라봤다.

"아무 짓도 안 했다는데, 스콧."
"거짓말쟁이야."
"들었지, 고든? 여기 스콧이 너보고 거짓말쟁이라는데."
"아니. 거짓말쟁이는 바로 쟤야, 사이몬. 외계인한테 내가 지 발을 걸었다고 하더라고."
"오호! 외계인한테 거짓말을 하셨다, 스콧이 그랬어? 장난이 아닌데. 담임 말대로라면 우리 반 전체의 불명예인데. 너희 둘 문제야 내 알 바 아닌데, 그 문제는 스콧이 응분의 대가를 치러야 하지 않겠나 싶다."
고든이 맞장구를 쳤다.
"그럼. 네 말이 옳아."
"옳다마다."
트레이시도 거들었다. 다른 애들도 동의하는 기색이었다. 사이몬은 기분 나쁘게 웃더니 얼굴을 찌푸리며 나를 빤히 바라보았다.
"문제는 말이야, 그 방법인데."
"나한테 맡겨."
트레이시가 나섰다.
"좋은 수가 있냐, 트레이시?"
사이몬이 트레이시를 바라보며 물었다.
"누더기 앤이랑 똑같이 주제가를 만들어 주면 어때?"
"음…… 뭐 생각나는 노래라도 있냐?"

"있는 것 같아."

"한번 불러 봐."

"이건 어때? '시건방 스코티,* 시건방 스코티, 머리도 나쁜 게 옷도 꾀죄죄.'"

트레이시의 제안이 열렬한 환호성을 등에 업고 통과되었다. 나는 애들이 이미 점심시간에 작전을 짜고 연습까지 마쳤다는 사실을 깨달았다. 썩 훌륭한 노래는 아니었지만 트레이시가 즉석에서 만들어 내기에는 무리였기 때문이다. 내가 미처 맞받아치기도 전에 사이몬이 잽싸게 덤벼들었다. 그러고는 나를 한가운데로 밀어 넣더니, 다함께 빙빙 돌면서 발로 차고 때리며 노래를 불러 댔다. 어떻게든 빠져나오려고 가방을 휘둘렀지만 누가 내 가방을 잡고 휙 당기는 바람에 난 그만 대자로 뻗어 버렸다. 그와 동시에 사방에서 신발이 날아와 내 몸으로 마구 떨어져 내렸다. '이제 끝이야. 이렇게 맞아 죽는구나.'라는 생각이 머리를 스쳤다. 그때 비명이 들리고 아이들이 뿔뿔이 흩어지더니 내 앞에는 킬러가 앉아 있었고, 그 어깨 너머로 마사의 모습이 눈에 들어왔다. 알고 보니 아이들이 나를 덮치는 장면을 목격한 마사가 킬로이 선생님을 불러 온 것이다. 마사는 애들한테 점수 따긴 영영 글렀다. 물론 나도 마찬가지고.

＊스콧의 애칭

> 마사 이야기

#12 이젠 혼자가 아니다

늦게 가려고 마음먹고 있었기에 그 장면을 목격할 수 있었다. 나는 다들 돌아갈 때까지 기다렸다가 이번만큼은 뛰지 않고 걸어가 보려는 생각에 화장실 문을 잠그고 앉아 있었다. 십 분 정도 흐르자 사방이 쥐죽은 듯 조용해져서 밖으로 나왔다. 조심스럽게 현관을 지나는데 몇몇 애들이 노래를 부르는 소리가 들려왔다. 쿵쿵대는 소리와 비명이 한데 뒤섞여 있었다. 나는 누군가가 맞고 있다는 걸 직감했다.

하마터면 화장실로 되돌아갈 뻔했다. 그런데 왜 다시 돌아섰는지, 그 이유는 잘 모르겠다. 그 무엇이 나를 가로막았다는 사실뿐. 살금살금 복도에서 머리만 내밀고 운동장을 내다보았다. 스콧이었다. 스콧이 애들에게 둘러싸여 맞고 있었다. 나는 그 모습에 죄책감을 느꼈다. 애들은 분명 사이몬이 교실에서 나를 발로 찼을 때 스콧이 내 편을 들었기 때문에 저렇게 돌변한 것이리라.

어찌해야 좋을지 몰랐다. 당장 달려들어 주먹으로 때리고 발로 차서 내 친구를 구해 내고 싶었지만 용기가 나지 않았다. 그 대신 나는 정신없이 교무실로 뛰었다. 허겁지겁 복도를 달려가는데 킬로이 선생님이 체육실에서 나오며 소리를 질렀다.

"걸어 다녀! 뛰지 말고."

나는 가쁘게 숨을 내쉬며 말했다.

"선생님, 운동장에서 애들이 어떤 애를 막 때려요."

나는 킬로이 선생님이 체육을 잘 못하면 무시하곤 해서 선생님을 별로 좋아하지 않았다. 하지만 인정할 건 인정하자. 선생님은 벼락같이 달려 나왔다.

"어디냐?"

내가 앞장을 섰다.

선생님을 보자 애들이 토끼처럼 튀어 달아났다. 스콧은 바닥에 뻗어 있었다. 선생님은 한쪽 무릎을 굽힌 채로 스콧에게 이것저것 묻더니 스콧의 몸을 여기저기 살펴보았다. 어찌나 상냥한지 두 눈이 의심스러울 정도였다. 나는 바보처럼 가만히 서서 지켜보고만 있었다. 선생님은 스콧이 다친 데가 없다는 걸 확인하고 나서야 스콧을 일으켜 세웠다. 그러고는 스콧을 부축해 안으로 들어갔다. 난 그 뒤를 졸졸 따라갔다. 선생님은 양호실로 가서 솜과 소독약으로 스콧의 얼굴에 난 상처를 치료해 주었다. 나는 복도에 서 있었다. 내가 복도에 있다는 걸 스콧도 아는 눈치였지만 내 쪽을 바라보지는 않았다. 가야 하나 말아야 하나 망설여졌다. 막 자리를 뜨려는데 선생님이 내 쪽을 돌아봤다.

"너희 둘, 같은 방향이니?"

"네."

사실이 아니었지만 그렇게 대답했다. 스콧은 얼굴을 찡그렸지만 아무 말도 하지 않았다.

선생님이 미소를 지었다.

"잘 됐다. 그럼 네가 이 애 좀 집까지 데려다 줘라, 마사. 마사 맞지?"

내가 고개를 끄덕였다. 내가 운동을 잘 못하는 아이였다면 내 이름을 몰랐을 거다.

"좋아. 그럼 가 봐. 그리고 말이다……."

선생님이 스콧을 바라보며 덧붙였다.

"너를 때린 녀석들, 이름을 좀 알아야겠다. 내일 아침 등교하자마자, 알겠지?"

"네, 선생님."

"어디 사니?"

아무 말 없이 운동장을 가로질러 나란히 걷다가 내가 물었다.

"딘스데일 라이즈."

스콧이 작은 목소리로 대답했다.

"그런데 마사, 킬러한테 왜 우리가 같은 방향이라고 했어?"

"왜냐하면…… 우리가 같은 방향이었으면 하시는 것 같아서. 그리고 걔들한테 맞은 것도 다 나 때문이잖아."

"너 때문이라고? 어떻게 그런 생각을 했냐?"

"그게, 네가 사이먼한테 한 말 때문에 걔들이 그런 거잖아, 아니야?"

"그럴 수도 있겠지만, 그 말을 한 건 나니까 네 잘못은 아니야."

"내 책임이야……."

"아니, 네 책임 아니야. 그러니까 집에까지 데려다 주지 않아도 돼. 난 괜찮아, 진짜야. 너희 집에서 몇 킬로는 더 될걸."

"괜찮아. 내가 그렇게 하고 싶어."

"부모님이 왜 늦나 걱정하실 텐데?"

"아니야."

물론 걱정하겠지만 신경 쓰지 않았다. 그 순간만큼은.

"뭐…… 너만 괜찮다면."

스콧이 겸연쩍은 듯 살짝 웃었다.

"참, 구해 줘서 고마워."

나는 고개를 저었다.

"킬러가 구한 거야. 내가 구해 주고 싶었는데."

그 말은 안 할걸. 아, 해선 안 되는데. 나도 모르게 그만.

스콧이 웃었다.

"왜 그렇게 생각하는데?"

"글쎄, 왜냐하면…… 네가 좋은 것 같아."

스콧이 고개를 끄덕였다.

"나도 네가 좋아."

갑자기 스콧의 표정이 심각해졌다.

"내일 걔네들이 우릴 또 괴롭힐 거야, 알지? 네가 킬러를 데려왔고, 나를 완전히 패 주지 못했으니까."

나는 어깨를 으쓱했다.

"걔네들은 나를 괴롭히는 게 일인걸 뭐."

나는 보일 듯 말 듯 웃으며 덧붙였다.

"이런 말 하면 이상하지만, 이젠 혼자가 아니니까 낫겠지."

스콧이 낄낄거렸다.

"무슨 말인지 알겠다. 다 왔어. 딘스데일 라이즈야. 우리 집은 8호야. 들어와서 콜라나 좀 마실래?"

정말 그러고 싶었다. 마음이야 굴뚝같았지만 난 고개를 저었다.

"가는 게 좋겠어. 어머니가 걱정하실 거야. 어쨌든 고마워."

스콧이 얼굴을 찡그렸다.

"뭘. 내일 보자. 어, 그리고 같이 와 줘서 고마워."

"나도 즐거웠어."

스콧이 문을 닫고 들어가는 모습을 보고 나서 발길을 돌렸다. 집에 가면 혼날 게 분명했지만 스콧과 함께 걸었다는 사실이 좋았다.

스콧, 마사 이야기 13 운수 나쁜 사람들

"세상에 얼굴이 왜 그 모양이니, 응, 스콧?"

우리 엄마는 걱정쟁이다.

"별 거 아니야, 엄마. 운동 좀 했어. 좀 심하게 했나 봐."

"정말 심했다. 그런데 여자애는 누구니?"

"여자애?"

"방금 너랑 같이 온 애."

"아!"

우리 엄마의 또 다른 면이다. 매처럼 날카로운 눈.

"그냥 학교 친구야. 같이 걸어왔어."

"그랬구나. 그래서 늦었구나, 응?"

엄마의 눈이 반짝였다.

"사귀는 거야?"

나는 고개를 저었다.

"아니야. 절대 아니야. 좋아하지도 않아."

"싫어하는 애한테 잘 가라고 인사까지 하지는 않을 텐데, 스콧. 이름은 뭐니?"

"마사."

"정말 구식이다. 그런 이름 들어 본 지 몇 십 년은 된 것 같은데."

나는 고개를 끄덕였다.

"그 애도 구식이야."

"그래도 좋은 이름이네. 마음에 든다. 집으로 데리고 오지 그랬니?"

"그러자고 했는데 안 된대."

엄마가 깔깔거리며 웃었다.

"아까는 좋아하지도 않는다고 하더니."

"그래, 그렇다니까……."

나는 빨개진 얼굴을 들키지 않으려고 얼른 주방에서 나왔다. 부모님들은 왜 여자애랑 가까이만 있어도 매번 사귀니 어쩌니 하며 달달 볶는 거지? 정말 귀찮아 죽겠다.

*

"지금이 몇 시지, 마사?"

두 분은 탁자 건너편에서 나를 응시하며 앉아 있었다. 저녁도 먹지 않고 나를 기다리고 있었다. 밑에서 들려오는 짐승 같은 울부짖음이 혐오를 너무 오래 기다리게 했다는 걸 말해 주고 있었다. 나는 손목시계를 보고 대답했다.

"다섯 시 십 분 전이요, 아버지."

아버지는 고개를 끄덕였다.

"다섯 시 십 분 전. 네 어머니는 평상시대로 네 시 십오 분에 저녁 준비를 마쳤다. 네 어머니와 난 지하실에서 나는 저 소리를 삼십오 분 동안 참고 들어야 했다. 또 식사까지 망쳤다. 자, 뭐라고 할 테냐?"

"죄송해요, 아버지. 죄송해요, 어머니. 제 도움이 꼭 필요한 애가 있었어요. 학교에서요. 도와 줘야 했어요."

"누구지, 마사? 네 도움이 필요한 애가 누구야?"

"스콧이요. 전에 말했던 남자애요."

"아, 알겠다. 그런데 그 도움이란 게, 네가 뭘 도와 줬지?"

"그 애가 맞고 있었어요. 집단으로. 그래서 선생님한테 달려갔어요."

"그래서 삼십오 분이나 걸린 거냐?"

"아니요. 선생님이, 킬로이 선생님이 응급 치료를 해 줬어요. 전 지켜봤고요."

"왜지?"

"그게…… 스콧이 저 때문에 다쳤거든요. 스콧이 제 편을 들어 줬어요."

"알겠다. 응급 치료를 받은 다음엔?"

"선생님이 저더러 스콧을 집에까지 데려다 주라고 하셨어요."

"선생님이 너한테 그 애를 데려다 주라고 했다고? 왜지, 마사?"

"스콧이 머리에 충격을 받아서 후유증이 생길지도 모른다고 생각하신 것 같아요."

"정말 그러더냐?"

"아뇨."

아버지는 고개를 흔들었다.

"아니었다? 그 녀석은 멀쩡한데, 우리는 저녁을 오래 기다려야 했다?"

"죄송해요, 아버지."

"네가 잘못을 인정했지만, 그 정도론 부족할 듯싶다. 혐오 밥을 챙겨 주고, 네 방으로 가. 네 어머니와 식사부터 하고, 올라가서 제대로 가르쳐 주마."

'올라가서 제대로 가르쳐 주마.' 저 말이 무슨 뜻인지 굳이 설명할 필요는 없겠지. 하지만 제발 누구든 내게 무슨 말이든 해 주면 좋겠다. 강도를 만나 죽게 된 유대인을 위해 착한 사마리아인이 행한 일*과 내가 스콧을 위해 행한 일에 과연 무슨 차이가 있는지.

---

*누가 진짜 이웃인지를 묻는 율법사에게 예수가 전해 준 사마리아인의 비유. (전통적으로 유대인들은 사마리아인이 이방민족과 혼합된 지저분한 사람이라고 무시했다.) 어떤 사람이 길에서 강도를 만나 죽어가고 있었다. 마침 그곳을 지나던 유대인 제사장과 레위인은 모르는 체하고 지나갔지만, 사마리아인은 죽게 된 사람을 보고 불쌍히 여겨서 응급조치를 해 주고 자기 짐승에 태워서 주막으로 데리고 가서 돌보아 주었다는 이야기.

마사 이야기 #14 언니를 잊지 않을 거지?

아버지는 내 방에서 나가면서 밤에 몰래 내려와 음식을 가져가지 못하도록 밖에서 문을 잠갔다. 나는 엽서들을 꺼냈다. 벌을 받을 때 다른 세상에서 온 엽서들을 보고 있으면 마음에 위로가 된다. 아버지는 한 번도 본 적이 없는, 앞으로도 결코 보지 못할 세상들. 메리 언니처럼 나이만 차면 나 또한 주저 없이 찾아갈 세상들. 언니도 여기에서 살았다. 아버지의 지배하에. 결코 끝이 없을 것 같았겠지만 결국 언니에겐 끝이 찾아왔다. 매로도 언니를 묶어 둘 순 없었다. 언니를 떠나게 만든 건 오히려 그 매와 차가운 일요일 아침, 그리고 몸에 좋은 소박한 음식들이었다.

버밍엄이 가장 마음에 든다. 돌로 만든 여인상이 누워 있는 분수 사진 엽서가 있는데, 마음에 드는 건 그 사진이 아니다. 엽서 뒤에 언니가 쓴 글 때문이다. 내 앞으로 보낸 엽서였는데, 내가 겨우 여덟 살 때라 언니는 필기체로 쓰지 않았다. 언니가 착하다는 걸 느낄 수 있었다. 엽서에는 이렇게 쓰여 있다.

사랑하는 마파에게(언니만 아는 내 애칭이다. 난 말을 배울 때 '스' 발음에 서툴렀다.)

50

너도 나처럼 잘 있지? 버밍엄은 아주 크고, 이 분수처럼 재미있는 것들로 가득하단다. 친구가 생겼어. 아네트라고 해. 너도 만나 보면 좋을 텐데. 아주 재미있는 친구거든. 우리 꼬맹이, 언니를 잊지 않을 거지? 날마다 네가 그립고…… 사랑해. 다시 편지할게. 착한 아이가 되렴.

언니가

'언니를 잊지 않을 거지?' 그 부분에선 늘 눈물이 나온다. 내가 언니를 잊을까 봐. 아버지는 정말 어쩌다 언니 얘기를 할 때면 언니를 '이세벨'*이라고 불렀다. 하지만 언니는 아버지가 절대 가질 수 없는 그 무언가를 가지고 있다. 바로 언니를 사랑하는 내 마음.

부디 내 사랑이 전해졌으면 좋겠다. 나는 침대에 누워 내 사랑을 언니에게 보낸다. 언니는 엽서에 절대로 주소를 적지 않았다. 그래서 나는 언니가 어디에 있는지 몰라 라디오 방송국처럼 하늘로 보낸다. 조약돌 하나가 연못에 풍덩 떨어졌을 때 일어나는 잔물결처럼, 내 사랑이 어둠을 뚫고 퍼져 나가는 장면을 그려 본다. 사방으로 퍼지고 퍼지다 보면 찾을 수 있을 거야, 그렇지 않을까?

---

*이스라엘 왕 아합의 아내. 음행과 술수에 뛰어난 희대의 독부로 알려져 있다.

스콧 이야기 #15 나는 마사가 좋다

나는 마사가 좋다. 이유는 모르겠다. 애들 말대로 마사가 특이한 건 사실이지만 특이하다는 이유 하나만으로 놀림거리가 될 수는 없다. 그러니까 특이한 사람을 알게 되면, 정말 그 사람을 잘 알게 되면, 그렇게 사는 데는 분명 이유가 있게 마련이고, 그것은 그들의 잘못이 아니다.

화요일 밤, 잠이 오지 않아서 침대에 누워 온통 이런저런 생각에 빠져 있었다. 마사가 집에 갔을 때 마사네 부모님이 어떤 반응을 보였을지 계속 궁금했다. 벌을 받았을까? 웬트워스 거리를 걷는 두 사람의 모습은 진짜 이상해 보였는데……. 내가 말하고자 하는 게 바로 그거다. 마사가 특이한 건 부모님 때문이 아닐까?

월요일 아침은 예상대로였다. 애들은 우리를, 아니 정확하게 말하면 나를 가만 놔 두지 않았다. 교문으로 들어서는데 애들이 벌써 진을 치고 있었다. 나를 보자마자 노래를 불러 댔다. 그 정도는 이미 예상했던 터라 쳐다보지도 않고 계속 걸었다. 애들은 운동장을 가로질러 나를 따라오며 계속 노래를 불렀다.

"시건방 스코티, 시건방 스코티, 머리도 나쁜 게 옷도 꾀죄죄."

다른 애들까지 가세했다. 내가 무시하자 사이몬과 고든이 뒤에서 나를 밀어붙였다. 싸움을 걸려는 수작이었지만 난 바보가 아니다. 다섯 명을 상대로 싸울 수는 없다. 그 자리를 피해 안으로 들어갔다. 화장실로 피할 수도 있었지만, 화장실에 떼로 몰려가면 선생님들이 가만 있지 않을 거다.

수업종이 울릴 때까지 휴대품 보관실에서 시간을 때웠다. 담임이 출석을 부르는 동안 마사가 자꾸 나를 쳐다봤다. 내 얼굴에는 반창고가 두세 개 붙어 있었다. 눈이 마주치자 마사가 안 됐다는 듯 웃어 주었다.

출석을 부르자마자 한 애가 들어오더니, 담임한테 킬러가 나를 부른다고 전했다. 물론 그 애가 제 입으로 킬러라고 말한 건 아니다. 담임이 고개를 끄덕였다.

"알았다. 가 봐, 스콧."

담임도 반창고를 눈여겨보는 듯했다.

킬러는 체육관에서 기구들을 설치하는 중이었다. 킬러가 나를 위아래로 훑어봤다.

"그래, 스콧, 오늘 아침은 좀 어떠냐?"

"좋습니다, 선생님, 고맙습니다."

"그래야지, 녀석. 자, 그럼."

선생님은 공책과 연필을 꺼냈다.

"걔네들이 누구지?"

"모릅니다, 선생님."

킬러가 날카로운 눈초리로 나를 힐끗 쳐다봤다.

"몰라? 같은 반 애들이 떼로 달려들어서 너를 축구공으로 만들어 놨는데, 개네들이 누군지 몰라?"

"새로 전학을 와서요. 아직 이름을 잘 모릅니다."

"오호라. 그럼 누군지 짚어 줄 수는 있겠네."

"못할 것 같습니다, 선생님."

"못할 것 같다?"

"네, 선생님."

"이해한다, 아니 이해할 것 같긴 하다."

킬러가 한숨을 내쉬었다.

"참을 필요 없다, 알겠니?"

"네?"

"왕따 말이야, 녀석아. 참을 필요 없어. 그래, 나도 안다. 이르면 가만두지 않겠다고 협박했겠지. 하지만 스콧, 개네들은 애들이야. 마피아가 아니야. 일단 녀석들이 누군지 알아내기만 하면 잡아내는 건 식은 죽 먹기니, 이름이 필요해. 그러니까 누구든 이름이 떠오르면 선생님한테 오겠다고 약속할 수 있겠지, 알겠어?"

"네, 선생님."

"네, 선생님이라."

킬러가 다시 한숨을 내쉬었다.

"좋다, 스콧, 그만 가 봐."

킬러는 다시 기구를 정리했고, 나는 왜 그랬는지 스스로도 의아해 하며 교실로 돌아왔다. 며칠 전만 해도 마사가 이르지 않고 모든 걸 참아내는 모습을 보고 화를 냈었는데, 나 자신도 똑같이 행동하고 있다.
 그 슬픈 잿빛 눈망울로 마사가 나한테 마법의 주문을 건 게 틀림없다. 그 눈망울이 나를 떠나지 않는다.

마사 이야기 **#16 난 우리가 친구라고 생각했어**

"일렀냐, 시건방?"

스콧이 킬러와 면담을 마치고 돌아오자 사이몬이 깐죽거렸다.

"아니."

스콧이 대답했다.

"보기보다 바보는 아닌데."

사이몬이 선웃음을 지었다.

"이를 거야. 마사를 계속 못살게 굴면."

스콧이 말했다.

"우후! 여자 친구 편을 들어주시겠다? 나처럼 쟤 옆에 앉아 봐. 그렇게 좋지는 않을걸?"

트레이시가 비꼬았다. 스콧이 트레이시를 노려봤다.

"자리 바꿔 줘?"

트레이시가 히죽거렸다.

"나야 좋지, 시건방."

그렇게 둘은 자리를 바꿨다. 가급적 멀찍이 의자를 떨어뜨리려고 하지 않는 친구가 옆에 앉으니 좋았다. 하지만 점심시간에는 달라진 게 없었다. 스콧은 급식을 하지만 나는 샌드위치를 싸 오기 때문에 앉는 구역이 달랐다. 내 옆은 항상 빈자리다.

하굣길에 기분 좋은 일이 생겼지만 결국 기분을 망쳤다. 휴대품 보관실 근처에서 시간을 때우면서 다들 가기만을 기다리고 있는데 스콧이 나에게 다가왔다.

"가자. 이번엔 내가 집까지 바래다 줄 차례야."

스콧이 씩 웃었다.

무슨 말을 해야 할지 당황스러웠다. 혼자서 학교를 나가지 않아도 되니까 좋긴 한데 집에까지 함께 갈 엄두가 나지 않았다. 창문 밖으로 아버지가 보기라도 하면 어쩌지? 아니면 어머니가? 교회 사람이 보면? 망설이는 걸 눈치챈 스콧이 내 팔꿈치를 살짝 잡더니 나를 밖으로 이끌었다.

우리 둘 다 애들이 벼르고 있을 거라 각오를 단단히 하고 나왔지만, 뜻밖에도 킬러가 교문을 지키고 있었다. 킬러는 그저 바지 주머니에 손을 찌른 채 서 있을 뿐이었는데, 운동장은 텅 비어 있었다. 선생님을 보자마자 스콧이 재빨리 내 팔을 놓았다.

"잘 가라, 마사."

우리가 지나가자 킬러가 인사를 했다.

"잘 가라, 스콧."

"안녕히 계세요, 선생님."

우리도 같이 인사를 했다.

스콧은 다시 내 팔을 잡지 않았고 별말도 없었다. 무슨 말이든 하고 싶었지만 마땅한 말이 떠오르지 않았다. 스콧도 마찬가지였을 거다. 서로 흘끔거리기만 하다가 눈이 마주치면 살짝 웃고는 다시 시선을 돌렸다. 스콧은 뺨이 발갛게 달아올라 있었고 나 역시 마찬가지였다. 언덕 아래에 이르자, 내가 걸음을 멈추고 말했다.

"그만 가는 게 좋겠어, 스콧."

"왜? 집에까지 같이 가고 싶은데."

"아니야. 부모님이 보실지 몰라."

스콧이 어깨를 으쓱했다.

"보면 어때? 아무 짓도 안 했는데."

"너희 집 방향이 다르다는 걸 알고 계셔. 이상하게 생각하실 거야."

"네 경호원이라고 말씀 드려."

스콧이 언덕을 오르기 시작했다.

"안 돼, 스콧, 부탁이야."

스콧이 얼굴을 찡그리며 돌아섰고, 내가 말을 이었다.

"교회 때문이야. 의로운 사람들. 그 교회는 다른 데랑 달라. 설명하기 곤란해."

스콧이 끙, 소리를 냈다.

"난 우리가 친구라고 생각했어, 마사. 너희 집을 보고 싶어. 그게 왜 그렇게 어려워?"

나는 고개를 흔들었다.

"어려울 거 없겠지, 스콧. 너한테는 말이야. 다른 애들한테도. 하지만 우리 부모님은······."

"알았어."

스콧은 내 쪽으로 손바닥이 보이도록 두 손을 들었다.

"무슨 말인지 알겠어. 나, 간다."

스콧이 나를 바라봤다.

"난 새로 전학 온 애야, 마사. 난 정말 문제없이 잘 지내고 싶어. 그런데 다들 나를 '시건방 스코티'라고 놀리고, 네 편을 들어 줬다는 이유 하나로 이만저만 고생이 아닌데, 너는 너희 집 대문 근처에도 못 가게 하잖아. 넌 그게 공평하다고 생각하냐?"

"난 말이야······."

"신경 꺼. 내일 보자."

스콧이 가 버렸다. 나는 오랫동안 스콧의 뒷모습을 바라보며 서 있었지만 스콧은 돌아보지 않았다.

스콧 이야기 #17 내가 도와 줄게

집으로 오는 내내 몹시 우울했다. 낯선 동네로 이사해서 생소한 학교에 적응하고, 제일 인기 없는 애랑 친구가 됐다는 사실만으로도 힘들어 죽겠는데, 그 친구는 태도를 바꿔 말 그대로 꺼지라고 하니, 아무리 좋게 생각해도 불쾌하기 그지없다. 게다가 문을 열고 들어서자마자 엄마는 또 이런다.

"오늘은 네가 데려다 줄 차례였나 보네?"

부모님들이란.

이튿날 아침에도 머릿속은 온통 마사로 가득했지만, 아무렇지도 않은 척했다. 마사 옆에 앉아서 평소처럼 행동했다. 하지만 마사가 말을 붙이려고 애써도 툴툴거리기만 했다. 화가 난 내 기분을 알아주었으면 하는 마음이었고, 마사도 눈치챈 듯했다. 다른 애들도 눈치챘다. 일 교시가 끝나고 쉬는 시간에 트레이시가 속삭였다.

"벌써 질렸니, 시건방? 원래 네 자리로 갈래?"

나는 고개를 저었다.

쉬는 시간이 되자, 마사의 기분을 눈치챈 애들이 떼로 마사를 쫓아다녔다. 고든이 나를 슬쩍 떠봤다.

"같이 가자, 시건방."

나는 고든과 같이 가지는 않았지만, 마사 편이 되어 주지도 않았다. 마사가 다리가 셋인 기린마냥 어색하게 이리저리 운동장을 피해 다니는 동안, 난 구석에서 어슬렁거리며 시간만 죽였다.

"누더기 앤, 누더기 앤, 기회만 와 봐라, 가만두지 않겠다."

마음이 편하지는 않았지만, 자기 편을 들어준 친구라면 기꺼이 집에도 데려가는 게 도리다.

하지만 끝까지 모른 척하지는 않았다. 모른 척할 수가 없었다. 점심시간에 식당 건너편에서 보니까, 다른 애들은 옹기종기 모여 수다를 떨고 깔깔대며 샌드위치를 먹는데 마사만 홀로 앉아 있었다. 마사의 샌드위치에는 뭐가 들어 있을까 궁금했다. 당밀? 차가운 죽? 거미? 마사의 얼굴 표정대로라면 거미여야 마땅했다.

십 분 뒤, 마사는 교무실 앞 복도에 서 있었다. 교무실 앞 복도에 서 있으면 애들이 건드리지 않는다. 하지만 쉬는 시간을 보내기에는 고약한 방법이다. 왜냐하면 복도에 서 있는 이유를 모르는 애가 하나도 없기 때문이다. 하물며 선생님들까지 안다. 나는 마사에게 다가갔다.

"괜찮아?"

마사는 어깨를 으쓱하며 콘크리트 바닥만 발가락으로 문질러 댔다.

"알잖아. 늘 그렇지 뭐."

"네 샌드위치에는 뭐가 들었냐?"

"뭐?"

"네 샌드위치 말이야. 그 안에 보통 뭐가 들었냐고?"

"아, 스팸. 치즈 바른 거나. 그때그때 다르지."

"거미는 아니지?"

"거미?"

"그래, 사정이 나빠질 수도 있잖아, 안 그래?"

내가 씩 웃었다.

"거미가 들어갈 수도 있지?"

"너 미쳤구나."

"나도 알아. 선생님들 때문에 미치겠다. 나만 계속 쳐다보잖아. 다른 데로 가자."

마사가 나를 따라 운동장으로 나왔다. 우리 둘의 모습을 보고 고든이 사이몬에게 달려가는 게 보였다. 마사가 작은 소리로 불렀다.

"스콧?"

"왜?"

우리는 골대 옆에 섰다. 골문에는 게리 라티머가 있었다.

"어제 일은 미안해. 설명하고 싶었지만, 있잖아, 아버지는 다른 사람들한테 우리 집 얘기하는 거 싫어하셔."

나는 어깨를 으쓱했다.

"괜찮아, 마사. 난 참견꾼이 아냐. 난 그냥 너희 부모님이 나를 보는 게 왜 싫은지 궁금할 뿐이야. 내가 머리가 둘 달린 괴물도 아니고, 여자애들을 잡아먹는 것도 아닌데 말이야. 나, 순진한 애야."

마사가 고개를 끄덕였다.

"알아. 다만…… 있잖아, 난 아버지가 무서워, 스콧. 나를 때린단 말이야."

"너를 때린다고?"

나는 마사를 뚫어져라 쳐다봤다.

"그건 불법이야, 마사. 요새는 그런 짓을 할 수 없게 돼 있어."

"그 분은 우리 아버지야."

"아버지라고 해서 널 때릴 수는 없어. 바보야, 누구한테든 알려."

"누구한테?"

"글쎄, 모르겠다. 경찰?"

"난 못해. 어떻게 자기 아버지를 경찰에 신고할 수 있니? 말도 안 돼."

"당연히 해야지. 나 같으면 할 거야."

마사가 고개를 흔들었다.

"아니, 넌 못해, 스콧. 정말 그 상황이 닥치지 않으면."

"아니, 난 해. 우리 아빠가 나를 때린다면 난 알릴 거야. 어떤 위험이 있어도."

"글쎄, 네가 의로운 사람들이라면 못할걸, 스콧. 우리는 우리가 사는 방식이 있어."

"그렇다고 너희만의 법이 따로 있는 건 아니잖아, 마사. 모든 사람은 법을 지켜야 한다고."

마사가 한숨을 내쉬었다.

"이해 못할 줄 알았어. 아무도 못해. 그래서 설명하려고 해 봤자 아무 소용없는 거야. 내가 사이먼 프리처드나 다른 애들을 선생님들한테 이르지 않는 이유를 알겠니? 걔네들도 너랑 똑같이 말할 게 분명하니까."

"그래도 그렇게…… 참고만 있으면 안 돼, 마사. 내가 도와 줄게. 같이 방법을 찾아보자, 응?"

"아니."

마사가 슬프게 미소를 지었다.

"방법은 하나뿐이고, 그게 메리 언니 방법이야."

"메리 언니는 또 누구야?"

"메리 언니는……."

수업종이 울리자 마사가 말을 멈췄다. 우리는 교실로 향했다.

"메리 언니가 누군지 정 알고 싶다면 집에 가는 길에 말해 줄게."

나는 고개를 끄덕였다.

64

"교문 옆에서 기다릴게."

속으로 생각했다.

'죽도록 맞다가 바닥에 뻗지만 않는다면.'

마사 이야기 #18 스콧이 내 손을 꼭 잡았다

킬러가 또 교문을 지키고 서 있는 덕분에 골치 아픈 일은 없었다. 킬러는 스콧과 나, 우리가 표적이라고 생각하는 듯했다. 킬러 앞을 지나치자 스콧이 말했다.
"오늘은 네 차례인 것 같은데."
"안 돼, 스콧, 말했잖아. 또 늦으면 아버지가……."
"알아, 마사. 농담이야. 그런데 메리 언니가 누구야?"
"우리 언니야. 어른이 된 우리 언니."
"너 혼자라며."
"지금은 우리랑 같이 살지 않거든."
"어디 사는데?"
"나도 몰라. 엽서를 보내긴 하는데, 주소를 밝히지 않아서."
"대체 왜?"
"언니가 있는 데를 부모님한테 알리고 싶지 않으니까."
스콧이 낄낄거렸다.
"그 누나 탓이 아니겠지. 그 누나도 맞았니?"
"그럼. 나보다는 용감했어. 남자애들을 만나러 외출하곤 했거든. 사실 잘 기억은 안 나. 내가 여덟 살 때 아버지가 쫓아냈어."

66

"그래서 메리 언니 방법이라고 한 거구나, 가출?"

"응."

"왜 지금 가출하지 않는데?"

"난 겨우 열네 살이니까, 스콧. 내가 어디로 가겠어? 무슨 수로 먹고 사냐고?"

스콧이 어깨를 으쓱했다.

"상황을 설명하면, 할머니든 이모든 너를 받아 줄 사람이 아무도 없어?"

"없어, 아무도. 할머니가 두 분에다, 이모도 세 분이나 있지만 다 우리 교회에 다니셔. 이미 우리 집 사정을 다 아니까 말해 봤자 나만 이상하다고 하실걸."

"그러니까 어른이 될 때까지는 꼼짝없이 참아야 한다?"

"응."

"휴, 내가 네가 아니라 정말 다행이다."

스콧이 나를 쳐다봤다.

"그럼…… 토요일에는 나가도 돼?"

"가끔. 사정에 따라 달라. 어머니가 보통 토요일마다 아스다, 슈퍼마켓이야, 아스다에 보내셔."

"차 타고 가는 거 아니야?"

"아니. 아버지가 보험 판매원이셔. 토요일마다 일을 나가시거든."

"그럼 그 무거운 걸 집까지 질질 끌고 간단 말이야?"

나는 고개를 끄덕였다.

"괜찮아, 스콧. 우린 다른 사람들처럼 많이 사지 않거든. 일주일에 두 봉지 정도밖에 안 돼."

스콧이 빙긋 웃었다.

"만나도 돼? 하나는 내가 들어 줄게. 오는 길에 조금만."

나는 고개를 저었다.

"모르겠어, 스콧. 그러면 나도 정말 좋겠지만 누가 우릴 보기라도 하면…….''

"마사."

스콧이 팔을 뻗어 내 손을 꼭 잡았다. 꼭 영화 속 주인공 같았다.

"잘 들어. 너희 언니처럼 집을 나갈 수는 없어도 언니가 했던 일들을 너도 시도해 볼 수는 있잖아. 외출 말이야. 남자애들 만나러 갔다며."

스콧이 빙긋 웃었다.

"여기 있잖아, 남자애. 네 인생이잖아."

나는 다시 고개를 저었다.

"말했잖아. 언니는 용감했지만 난 아냐. 날 가둬 버릴 거야. 굶길 거라고. 더 나이가 들어서 완전히 집을 나갈 때까지는 두 분이 원하는 대로 하는 게 최선이야."

"아니, 그렇지 않아. 어쨌든, 내 계획을 잘 들어 봐. 토요일 오전에 아스다 근처에 있을게. 그러다 만나면 한번 해 보는 거야. 어때?"

나는 스콧을 쳐다봤다.

"정말 미쳤어. 몇 시간을 기다릴 수도 있어."

"기다릴 거야, 기다려야 한다면."

"진심이니, 스콧? 내가 너를 못 본 척할지도 모르는데?"

"난 갈 거야, 두고 봐."

"좋아, 그럼."

내가 미소를 지으며 덧붙였다.

"보통 아홉 시 반쯤 가."

"좋아. 내일 더 얘기하자."

"그래."

"잘 가, 마사."

"잘 가, 스콧."

스쿳 이야기 #19 백마 탄 기사

금요일 점심시간에 우리는 함께 운동장을 거닐었다. 금요일이면 애들은 늘 기분이 좋다. 아무도 우리를 건드리지 않았다. 나는 계속 마사의 누나를 생각했다.

"그 누나는 몇 살이야?"

"스물세 살이나 네 살쯤."

"우리 학교에 다녔어?"

"응."

"너처럼 왕따를 당했어?"

"그랬겠지. 그땐 어려서 잘은 모르지만."

"집을 나갈 땐 몇 살이었어?"

"열여덟."

"왜 쫓아내셨는데?"

"왜냐하면…… 언니는 순순히 따르지 않았어. 아버지가 감당하지 못했으니까."

"그렇구나."

킬러는 휴대품 보관실에 있었다. 킬러가 나를 멈춰 세웠다.

"아직 한 명도 이름이 생각나지 않니, 스콧?"
"네, 선생님."
"더는 문제없고?"
"없습니다, 선생님."
"좋다. 계속 생각해 보거라."
"네, 선생님."

오후 쉬는 시간에 마사에게 말했다.
"집에 갈 때 따로따로 가야 할 것 같아. 킬러 앞에서 같이 지나가는 게 싫어서 그래."
"안 나와 있을지도 몰라."
"아냐, 있을 거야. 먼저 가서 버스 정류장에서 기다릴게."
"알았어."

"드디어 내일이네?"
마사를 만나자 내가 물었다. 예상대로 킬러는 교문을 지키고 있었고, 우리가 무슨 연인인 양 킬러 앞을 지나가지 않게 되어 다행이었다. 정류장은 막 주말을 맞은 아이들로 가득 차 왁자지껄했다. 우리는 좀 더 걸었다.
마사가 얼굴을 찌푸리며 말했다.
"어쩌면 가지 못할지도 몰라, 스콧. 항상 나를 보내지는 않거든."

"항상은 아니라도 만약 보내시면?"

"엄마가 보내 주면 널 만날 거야. 그런데 뭘 하지?"

"말했잖아. 집까지 하나 들어다 준다고."

"겨우 그거 갖고 그렇게 고생을 하니?"

"고생 아니야. 난 네가 좋아. 너를 만나고 싶어."

"나도 좋아. 그만 갈게."

나는 마사를 바라봤다.

"저녁엔 뭐 해? 외출 같은 거 안 해?"

마사는 고개를 가로저었다.

"두 분 다 일하러 가셔. 아버지는 보험 판매하러 가고, 어머니는 봉제공장에서 저녁 조로 일하시고."

"그럼 집에는 너 혼자겠네?"

"응."

"그럼 왜 못 나가? 집에 무슨 보물이라도 쌓아 둔 거야?"

"할 일이 있어."

"나도 마찬가지야, 마사, 그래도 늘 그렇단 말이야?"

마사가 고개를 끄덕였다.

"늘. 갈게."

"전화는 해도 되잖아. 아니면 네가 하든지. 그건 괜찮지, 응?"

"아니, 스콧, 안 돼. 난 전화를 쓰지 못하게 되어 있고 전화도 잠겨 있어."

"오는 전화는 막을 수 없잖아."

"그렇긴 하지만 전화하지 마. 눈치채실 거야."

"불공평해."

마사가 한숨을 내쉬었다.

"그래, 불공평하지만 원래 그래. 잘 가."

원래 그래. 원래 그렇다는 그 방식들을 내가 바꿀 수는 없을까 하는 마음이 들지 않은 건 아니다. 마사를 위해. 천천히 집을 향해 걸으며 공상 속으로 빠져들었다. 마사는 어두컴컴한 성에 갇힌 죄수다. '라푼젤'이랄까. 나는 잘생긴 기사. 당연히 백마를 탄. 천둥이 치고 번개가 번쩍이는 어둡고 사나운 날이다. 음산한 기운의 비뚤어진 나무들이 앙상한 가지들로 마구 하늘을 할퀸다. 나는 말을 타고 성으로 간다. 다리가 들리고 성문이 닫힌다. 창문 틈으로 희미한 빛이 반짝인다. 흉벽에는 펄펄 끓는 물이 가득한 주전자와 석궁으로 무장한 의로운 사람들이 잠복해 있지만, 내 식대로 치고 들어가 그녀를 안장에 태운 다음 빗발치는 화살을 뚫고 유유히 사라진다.

1998년 스크래칠리에서 공상이 현실이 될 리 만무하다.

마사 이야기 #20 스콧이 있을까?

눈부신 아침이다. 햇살이 반짝인다. 새들도 노래한다. 나는 4월이 좋다. 나는 최신 유행곡을 흥얼거리며 테일러 힐을 내려와 릭클라스 도로에서 오른쪽으로 돌아 장바구니를 흔들며 아스다로 향했다. 릭클라스는 독일에 있는 스크래칠리의 자매도시다.

머릿속이 복잡해서 노래에만 집중하기가 힘들었다. '스콧이 있을까?' 머릿속에서 자꾸만 나를 부추겼다. '스콧이 있을까? 스콧이 있을까?'

"그걸 내가 어떻게 아냐고, 응? 가서 보면 알 거 아냐."

난 큰 소리로 외쳤다. 스콧이 없어도 괜찮다고 자꾸만 되뇌어 보았지만, 스스로에게 거짓말을 해봤자 의미 없는 일이다.

스콧은 '있었다.' 도착하자마자 스콧이 주차장 출입구 안내소에 비스듬히 기대 서 있는 게 보였다. 스콧도 동시에 나를 보고 몸을 바로 세우며 씩 웃었다.

"널 풀어 줬네?"

"응."

"우리는 잘 청소했겠지?"

"우리?"

순간 가슴이 철렁했다.

"무슨 소리야?"

"야!"

스콧이 내 팔을 가볍게 탁 쳤다.

"농담이야, 마사. 긴장 풀어, 봄이잖아."

"아, 그래. 미안. 네가 오니까 좋다."

스콧이 고개를 끄덕였다.

"난 네가 와서 좋아. 사람들이 몰리기 전에 들어가자."

우리는 통로를 누비고 다니며, 스콧은 카트를 밀고 나는 목록에 적힌 물건들을 챙겨 담느라 바빴다. 쇼핑이 이렇게 재미있는 줄 미처 몰랐다. 스콧이 다른 사람들과 쾅 부딪치는 시늉을 하며 카트를 휙휙 꺾는 바람에 급정거를 할 때마다 끼익 소리가 나서 사람들이 우리를 돌아다봤다. 내가 사탕과 비스킷이 있는 구역을 그냥 지나가자 스콧이 소리를 꽥 질렀다. "야, 제일 좋은 데 놔 두고 어디 가!" 하며 내 팔을 꽉 잡고 방향을 틀더니 통로로 카트를 밀어 넣었다.

"이런 건 못 사. 우리 어머니가 준 목록에는 없어."

내가 따졌다.

"어머니 목록의 제품."

스콧은 선반에서 초코바들을 마구 집어 카트에 던져 넣었다.

나는 고개를 흔들었다.

"이런 초코바 살 돈 없어, 스콧."

"나한테 있어. 황금 성 카멜롯* 저리 가라니까 걱정 말고 따라와."

스콧은 끼익 소리를 내며 카트를 꺾어 다음 통로로 들어가더니, 이번에는 콜라 두 개를 휙 던져 넣고 성큼성큼 앞장섰다. 나는 목록을 확인하며 열심히 쫓아갔다. 혹시라도 뭔가를 빠뜨리면 어머니가 화낼 테니까. 스콧은 15미터쯤 앞에서 감자 칩 봉지들을 고르는 중이었다. 두렵기도 하고 행복하기도 했다. 웃음이 터져 나왔다. 기다리고 있던 스콧과 함께 계산하러 갔는데, 터져 나오는 웃음을 주체하지 못해 눈물이 다 나올 지경이었다. 바보 같은 내 머리는 교회 사람이 우리를 보면 어쩔 거냐고 나에게 계속 잔소리를 해 댔지만, 나는 듣고 있지 않았다. 지금껏 이렇게 즐거운 적이 없었다. 계산대에서 스콧이 내 손에 10파운드짜리 지폐를 건네주었다. 나는 깜짝 놀랐다.

"이 돈 어디서 났어?"

스콧이 씩 웃었다.

"내가 만들었지. 위조지폐야."

"정말 미쳤어."

---

*황금 성으로 불리는, 아서 왕의 궁궐이 있었다는 전설의 마을

"동감."

밖으로 나온 뒤 스콧이 물었다.

"집으로 곧장 가지 않아도 되지, 응?"

나는 잠시 마음을 가라앉혔다. 눈을 비비면서. 나는 스콧을 바라보며 대답했다.

"곧장 가, 보통 때는."

"그래, 하지만 보통 때는 해치울 콜라와 감자 칩, 초코바 같은 게 없었잖아."

"무슨 말이야, 해치우다니?"

"뭐긴, 먹어 치운다는 말이지. 구경하려고 산 건 아니야."

"이걸 어떻게 다 먹으려고."

"당연히 먹을 수 있지. 집으로 가져갈 순 없잖아, 가져갈래?"

"아니, 네가 가져가면 되잖아."

스콧이 가져가길 바란 건 아니었다. 한 번이라도 좋으니 성찬을 즐기고 싶었다. 어머니는 이교도들이 스스로를 억제하지 못해 즐기는 게 성찬이라고 했다.

스콧은 고개를 흔들었다.

"난 멀리서 왔어, 마사. 너하고 같이 있고 싶어서. 이걸 사느라고 돈도 흥청망청 쓰고. 그냥 가 버리면 섭섭하지."

스콧이 빙그레 웃었다.

"앉아서 몽땅 해치울 만한 데가 있지. 같이 갈래?"

나는 스콧을 가만히 바라봤다.
"네가 어떤 사람인지 알지, 응?"
"응, 미쳤다고? 네가 말했잖아."
"넌 이교도야."
스콧이 눈을 굴렸다.
"미친 이교도 위조지폐범이라. 내가 수상한 짓 하기 전에 얼른 도망가는 게 좋을걸."
나는 고개를 저었다.
"모험 한 번 해보지 뭐, 스콧. 딱 한 번만."

스콧 이야기 #21 월요일이 빨리 왔으면

공원에 있는 카페로 마사를 데려갔다. 같은 학교 애들이 올지도 몰랐지만 상관없었다. 막상 가 보니 자동차경주 신문을 보며 차를 마시는 아저씨 한 사람뿐이었다. 옆에는 개 한 마리가 탁자 다리에 묶여 있었다.

"저 아저씨도 의로운 사람들이냐?"

내가 우스갯소리를 했다.

마사는 행여 부모님이 아는 사람이라도 만날까 봐 안절부절못하고 있었다. 마사가 깔깔거렸다.

"어, 그래. 개하고 더러운 비옷만 봐도 알지."

마사는 노력 중이었다. 정말 그랬다.

나는 콜라를 시켰다. 가져온 콜라도 있긴 했지만 공짜로 남의 테이블에 앉을 수는 없으니까. 우리는 사온 음식들을 잔뜩 펼쳐 놓고 감자 칩부터 먹기 시작했다.

"아주머니한테는 뭐라고 할 거야?"

내가 물었다.

"어, 아스다가 꽉 찼다거나 계산대가 고장이 났다거나 뭐 그런 얘기. 집에 갔을 때 상황 봐서."

"훌륭해. 너만 괜찮으면 토요일마다 이렇게 만나도 되겠다."

마사는 고개를 저었다.

"말했잖아. 토요일마다 나오는 건 아니야. 어떤 때는 아버지가 금요일 오후에 장을 보고, 아니면 어머니가 직접 장을 보기도 하셔."

"그럼 다른 때 만나는 건 어때? 저녁때 말이야."

"부모님이 맞벌이하신다고 했잖아. 못 나가."

"내가 너한테 가면 되지."

마사가 나를 물끄러미 바라보았다.

"안 돼. 절대로 그러지 마, 스콧. 약속해."

내가 낄낄거리며 웃었다.

"알았어. 약속은 하는데, 난 이교도잖아. 이교도 말은 믿기 어렵다는 거 알지?"

"농담 아냐. 진심이야. 우리 집에 오지 마, 절대로."

나는 한숨을 내쉬었다.

"알았어, 알았어. 감자 칩이나 더 먹자."

건너편에 있는 장바구니를 손으로 헤집으며 내가 덧붙였다.

"어렵게 생각하지 마, 마사. 이것도 재미있잖아, 안 그래?"

우리가 초코바를 먹고 있는데 게리 라티머가 나타났다. 누군가를 찾고 있는 듯했는데, 당연히 우리 둘은 아니었겠지만 우리를 향해 다가왔다.

"안녕. 혹시 폴이나 사이먼 못 봤냐?"

나는 고개를 저었다.

"아니, 우리뿐인데."

게리는 탁자에 가득 쌓인 음식들을 보며 물었다.

"누구 생일이냐?"

"아니. 초코바 먹을래? 뭐, 오염된 거라도 상관없다면."

게리는 한 오 초 정도 제 양심과 실랑이를 벌이더니 결국 초코바를 집어 들었다.

"그런데 너희 둘은 여기서 뭐 하냐?"

"방금 결혼했어. 아스다에서. 2파운드 냈더니 이걸 다 주더라."

"정말?"

게리는 입이 떡 벌어졌다. 똘똘한 녀석은 아니라니까.

"정말이지. 너도 저 아래 가서 트레이시 스탬퍼나 찾아서 한번 데려가 봐. 그런데 서두르는 게 좋을 거다. 행사가 딱 2주일뿐이라니까."

게리는 진짜라고 믿고 있었다. 마사가 웃음만 터뜨리지 않았더라면 깜빡 속아 넘어갔을 거다. 게리는 마사를 봤다가 나를 봤다가, 나를 봤다가 마사를 보더니 바보 같은 커다란 얼굴에 서서히 웃음이 번져갔다.

"지금 나 골탕 먹이려고 그러는 거지, 맞지?"

나는 고개를 끄덕이며 일어났다.

"나랑 마사는 가 봐야 해, 게리. 앉아서 몽땅 해치울 생각 없냐?"

게리의 눈이 커다래졌다.

"이걸 다? 장난 아니지, 스콧?"

"당연하지. 가자, 마사."

장바구니를 챙긴 다음, 천천히 걷다가 다리를 건너 릭클라스 도로로 나왔다. 마사는 동그랗게 뺨을 부풀렸다가 훅하고 숨을 내뱉었다.

"정말 실컷 먹었다. 이렇게 맛있는 음식은 생전 처음이야."

나는 씩 웃었다.

"도움이 될 거야. 내일 교회에 가서 딴 생각하려면 말이야."

마사가 깔깔거렸다.

"이 사실을 알게 되면 의로운 사람들이 단체로 넘어올걸."

테일러 힐을 반쯤 올라갔을 때 마사가 내 팔에 손을 얹었다.

"그만 가는 게 좋겠어. 누가 볼지도 몰라."

마사가 장바구니를 받았다.

"오늘 정말 즐거웠어, 스콧. 와 줘서 고마워."

"나도 즐거웠어, 마사. 월요일에 보자."

"아, 월요일이 빨리 왔으면."

언덕을 오르며 마사가 속삭였고, 오늘 하루 최고의 순간이었다. '월요일이 빨리 왔으면'이라는 말을 듣기란 쉽지 않으니까.

> 마사 이야기 #22 그 동안 뭘 기다리고 있었니?

일요일 오전, 예배가 끝날 때까지 나는 안절부절못했다. 만에 하나 스콧과 함께 있는 모습을 들켰다면, 아버지가 그 사실을 알게 될 장소는 교회밖에 없기 때문이다. 집으로 돌아오는 길에서나, 스튜를 먹을 때까지 아무런 기색이 없는 걸 보고 그제야 좀 안심이 되었다. 여느 때처럼 따분한 안식일이었지만 스콧 덕분에 완전히 다르게 다가왔다. 나와 함께 있기 위해 특별한 수고를 마다하지 않는 그런 친구, 드디어 나에게도 나를 좋아하는 친구가 생겼다. 얼마나 기분이 좋은지 아무한테나 마구 자랑하고 싶을 정도였다. 그 어느 때보다 더 언니의 주소를 알았으면 하는 마음이 간절했다. 언니도 가끔 친구들 얘기를 하니까 나도 언니에게 내 얘기를 하고 싶다. 아무에게 말할 수 없다 해도 진실은 진실이니까.

월요일 역시 평소와는 다른 기분이었다. 우정의 힘은 참으로 대단하다. 애들은 늘 하던 대로 나를 비웃고 밀쳐 댔지만 어찌된 일인지 아무렇지도 않았다. 점심시간이 되자 애들이 스콧을 보고 노래를 불러 댔는데, 스콧이 원래 먹던 급식 대신 샌드위치를 싸와서 내 옆에 앉았기 때문이다.

"어이, 시건방, 엄마한테 쟤랑 비슷한 유니폼이라도 하나 만들어 달라고 하지 그래. 그래야 누더기 소녀랑 어울리지 않겠냐?"

사이몬이 비아냥거렸다. 우리는 걔네들을 무시했다. 킬러가 주시하고 있다는 사실을 다들 잘 알고 있기 때문에 함부로 덤벼들지는 못했다.

그날 저녁, 시험 삼아 집을 나와 봤다. 특별히 어딜 간 건 아니다. 무슨 일이 생기나 보려고 그냥 이리저리 걸어 다니기만 했는데, 아무 일도 없었다. 한 시간 반가량 나갔다가 돌아와 보니 모든 게 그대로였다. 나는 속으로 생각했다.

'한 시간 반이 된다면 두 시간, 아니 두 시간 반은 왜 안 돼?'

나는 스콧을 생각하고 있었다. 스콧을 만난다. 스콧의 집으로 갈 수도 있다. 물론 그날 밤은 아니겠지만, 언젠가는.

뜻밖의 암초들. 무슨 까닭으로 아버지가 집에 전화했는데 받지 않는다면? 아버지가 집에 전화한 적은 한 번도 없지만 언제나 최초라는 게 있게 마련이니까. 그럼 내 방에 있었다고 하면 된다. 내 방에서는 전화벨 소리가 들리지 않는다. 혹 누가 문을 두드렸는데 인기척이 없었다고 해도 똑같이 변명하면 된다. 그런데 누가 정말 문을 두드렸는데 혐오가 발로 차고 소란을 피운다면? 그 문제는, 집을 나가기 전에 혐오가 잠이 들었는지 확인하고, 찾아온 사람이 무슨 소리를 들었을지라도 그저 강아지나 뭐나 되나 보다 이렇게 착각하기를 바랄 뿐, 어쩔 도리가 없다.

좋아, 그런데 어머니가 공장에서 몸이 아파 조퇴하고 온다면? 가능한 일이지만 어머니는 절대 그럴 사람이 아니다. 그런 일이 생기면 끝장이지만 그럴 가능성이 얼마나 될까?

아니면 동네 사람들이 내가 나가는 모습을 보고 나중에 부모님에게 이야기한다면? 그 또한 가능성이 희박하다. 우리 부모님과 말을 트고 지내는 이웃은 한 사람도 없으니까. 도리어 이웃 사람들과 어떻게 하면 더 멀어질까 최선을 다하는 분들이잖아.

집에 불이라도 나면? 외출하기 전에 집에 불이 날 걱정하면 누가 어디를 갈 수 있겠어, 그렇지 않을까? 사람들은 늘 위험을 감수하며 산다. 다들 그러는데 나라고 왜 못해?

그렇다고 두렵지 않은 건 아니다. 퇴근한 어머니는 내가 외출했던 사실을 눈치채지 못한 것 같았고, 삼십 분쯤 뒤에 돌아온 아버지 역시 마찬가지였다. 어렸을 때 내가 무슨 잘못을 저지르면 보지도 못했는데 어떻게 알고 꼭 지적을 했기에 아버지가 참 대단하다고 믿었다. 그때는 아버지의 능력이 놀랍기 그지없었지만, 그 모든 게 아버지나 하나님의 눈이 만물을 꿰뚫어보기 때문이 아니라, 수천 개도 넘게 쫙 깔려 있는 의로운 사람들의 눈 때문이라는 사실을 이제는 잘 안다. 나는 혼잣말로 중얼거렸다.

'그들도 사람일 뿐이야. 모든 것을 다 알 수는 없어.'

그날 밤 침대에 누워 내가 왜 진작 이런 모험을 시도하지 않았는지 나 자신에게 물었다. 그 동안 뭘 기다리고 있었니? 난 이미 그 답을 알고 있다, 마음 속 깊은 곳에서는. 답은 한 낱말.
　스콧.

마사 이야기 **#23 행복하니, 마파?**

화요일 오전에 언니의 엽서가 도착했다. 엽서가 왔을 때 난 지하실에 있었는데, 아침을 먹으러 가 보니 엽서는 이미 아버지의 접시 옆에 두 조각이 난 상태로 팽개쳐져 있었다. 못 본 척 아침을 먹는데, 식사를 마친 어머니가 찢어진 조각들을 모아 쓰레기통에 버렸다.

아침에는 부모님보다 내가 먼저 집을 나서기 때문에 엽서를 빼내지 못했다. 보통은 내가 집에 혼자 있는 시간, 저녁까지 기다린다. 그때쯤이면 엽서는 이미 죽이나 생선 껍질, 아니면 소스 같은 걸 뒤집어쓴 상태. 오물투성이가 된 엽서 조각을 끄집어내는 건 메스꺼운 일이지만 혐오의 뒤처리보다는 백 배 낫다.

이번 엽서는 울버햄프턴에서 왔다. 성 울프르나 교회 사진이 있는, 내 앞으로 온 엽서였다. 엽서에는 이렇게 적혀 있었다.

사랑하는 마파에게

정말 오랜만에 편지를 쓰는 것 같구나. 아니, 또 이사를 간 건 아니란다, 꼬맹아. 울버햄프턴은 버밍엄에서 가까워서 아네트와 난 토요일마다 기분 전환 삼아 여기에 오거든. 그런데 내가 널 아직도 꼬맹이라고 불리도 될까? 지금은 많이 자라서 소녀가 되었겠는걸. 이따금 넌 어떻게 지내는지, 그리고 그 어떤 사람은 또 어떻게 지내는지 궁금해져. 다시는 알 수 없을 테지만. 행복하니, 마파? 행복하다는 게 쉬운 일은 아니란다.
　사랑을 담아 언니가

　'행복하다는 게 쉬운 일은 아니란다.' 불행하다는 뜻일까? 언니가 불행하다니, 도저히 이해가 되지 않았다. 언니는 자유롭고, 아네트 언니도 있는데. 나에게 스콧이 있듯이. 이 엽서를 지난 주에 받았더라면 이렇게 말했을 거다. '아니, 언니, 난 행복하지 않아.' 하지만 지금은 '행복해, 행복해, 행복해.' 나는 침대에 누워 이 즐거운 답장을 언니에게 보낸다. 언니는 내가 보낸 신호를 받고 있는 게 틀림없어. 그렇지 않다면 언니에게 스콧 이야기를 하고 싶다는 생각이 들자마자 엽서가 올 리가 없잖아? 나는 다시 정신을 집중하고 '나에게 친구가 생겼어, 나에게 친구가 생겼어.'라며 자꾸자꾸 신호를 보낸다.
　나는 외출하지 않았다. 신호를 다 보낸 다음, 엽서를 깨끗이 닦아 스카치테이프로 잘 붙여서 다른 물건들과 함께 바닥 밑에 고이 보관해 두었다. 이제 서른두 장이다. 내가 집을 떠난 뒤에도 언니한테서 계속 편지가 온다면 조금은 슬플 거다. 그렇겠지?

스콧 이야기 #24 시간이 흐르면

"엄마?"

"응, 왜?"

"우리 학교 여자애 알지, 마사."

"으~응."

엄마는 내가 결혼발표라도 한 것처럼 호들갑을 떨었다. 토요일 밤이었다. 아빠는 외출 중. 마사에 대해 엄마와 의논한다는 게 한편으로는 꺼림칙했지만 꼭 알고 싶은 게 있어서 더는 기다릴 수가 없었다.

"걔네 아빠가 마사를 때린대."

엄마는 〈라디오 타임즈〉*에서 눈을 떼고 나를 바라봤다.

"마사를 때려? 어떻게 알았니, 스콧?"

"걔가 말해 줬어. 밤에는 밖으로 나오지도 못하고, 아무도 집으로 데려오면 안 된대."

"음."

엄마가 얼굴을 찌푸렸다.

---

*BBC의 주간 TV와 라디오 프로그램 편성표가 실린 잡지

"지난주에 그 애를 봤을 때 좀 그렇게 보이긴 했다만."
"어떻게?"
"그게, 모르겠다. 풀이 죽었다고나 할까. 마르고 창백한데다가 그 옷도……."

나는 고개를 끄덕였다.

"애들이 학교에서 놀려, 엄마. 걔 옷 때문에. '의로운 사람들'이라는 교회에 다닌대. 너무 힘들어 해."

나는 엄마를 바라봤다.

"불법이지, 그렇지? 때리는 거 말이야."

엄마가 고개를 끄덕였다.

"그래, 스콧, 확실히 불법이지."

"엄마, 그럼 우리가 뭐든 도울 수는 없어? 누구한테 알리든지? 정말 마사가 가엾어."

엄마가 고개를 끄덕였다.

"말은 쉽지만, 스콧…… 어렵구나. 그러니까, 우리랑 다르다는 이유로 남의 집 일에 함부로 끼어들 수는 없단다."

엄마가 한숨을 내쉬었다.

"어쩌면 마사가 과장해서 말하는지도 모르잖니. 드라마처럼 극적으로 말이야. 여자애들은 그러기도 하거든. 마사네 부모님이 엄격한 종교 집단에 속해 있다면 마사의 생활이 보통 애들과는 분명 다를 테고, 그래서 불행할 수도 있겠지만, 체벌 문제는 꼭 사실이 아닐 수도 있잖니. 동정심을 사려고 지어낸 이야기일 수도 있고."

"아니야!"

나는 강하게 부인했다.

"그런 거 아니야, 엄마. 내가 알아. 걔네 부모님을 봤단 말이야. 그때 차 타고 웬트워스 거리를 지나갈 때. 정말 엄청 이상해. 몇 년 전에는 아무것도 아닌 일로 집에서 걔네 언니까지 쫓아냈대. 엄마 아빠가 도와 줄 수 있는 일이 진짜 없어?"

엄마가 나를 물끄러미 바라봤다.

"얼마 전에 난 상처. 운동하다 생긴 거 아니지, 맞지? 마사를 편들어 주다가 생겼지, 아니니?"

나는 얼굴이 빨개진 채 카펫을 뚫어져라 바라보며 고개를 끄덕였다. 부모님들은 그런 일은 어떻게 그렇게 눈치가 빠를까?

"응."

엄마가 한숨을 내쉬었다.

"참 용감한 행동이고, 네가 그 가엾은 애랑 친구가 되어 준다니 기특하다만, 아빠 엄마가 끼어들 만한 일인지는 쉽게 판단이 서지 않는구나. 혹시 그 애를 만나 보면 도움이 되지 않을까? 마사를 집으로 데려와서 얘기해 보면 어떻겠니? 그 애에 대해 좀 더 알 수도 있고."

나는 고개를 흔들었다.

"안 돼, 엄마. 말했잖아. 밖으로 못 나온다고. 와도 말하지 않을 거야. 두려워하고 있어. 걔네 아빠는 마사가 다른 사람들이랑 이야기하는 것도 싫어한대."

"저런, 가엾기도 하지."

엄마가 어깨를 으쓱했다.

"스콧, 앞으로도 그 애한테 잘 해줘야겠다. 그리고 문제가 잘 해결되길 바라야지."

엄마가 빙긋 웃었다.

"보통은 해결이 된단다, 시간이 흐르면."

고마워, 엄마. 너무 고마워.

마사 이야기 #25 용감해져라

킬로이 선생님이 왕따 시키는 애들을 감시하고 있어서 이제는 대놓고 나를 괴롭히는 일은 없었다. 하지만 선생님이 들어갈 수 없는 장소가 딱 한 군데 있었다. 여학생 화장실. 거기서 딱 걸렸다.

수요일 오후였다. 스콧 먼저 킬러 앞을 통과할 시간을 만들어 주려고 화장실에 들어가 앉아 있는데, 갑자기 속삭이는 소리가 나더니, 수돗물 흐르는 소리가 들려왔다. 누군가 조그만 목소리로 수를 세기 시작했다. "하나, 둘, 셋!" 그리고 "쏴!" 문 위아래서 동시에 물세례가 쏟아졌다. 도저히 피할 수가 없었다. 위쪽 물은 무릎 위로 쏟아져 내렸고, 아래쪽 물은 양말과 신발을 흠뻑 적셨다. 내가 비명을 지르자 폭소가 터지더니 문을 쿵쿵 두드렸고, 몇 명이서 "누더기 앤, 누더기 앤, 화장실에서 속옷에 오줌을 쌌대요!"라며 노래를 불러 댔다. 나는 펄쩍펄쩍 뛰며 치마에서 물을 털어 내려고 애썼지만 아무 소용이 없었다. 물에 빠진 생쥐가 따로 없었다.

"나와, 마사! 안 나오면 한 번 더 쏜다."

트레이시 스탬퍼가 소리를 질렀다.

선택의 여지가 없었다. 문고리를 풀고 밖으로 나왔더니, 애들이 나를 빙 둘러싼 채 비웃고 손가락질하며 쿡쿡 밀어 댔다. 트레이시를 포함해서 네 명이었다.

"누더기 앤, 누더기 앤, 화장실에서 속옷에 오줌을 쌌대요!"

학교에 늦게까지 남아 있던 애들이 가던 길을 멈추고 나를 쳐다보며 서로 팔꿈치로 쿡쿡 찌르고 낄낄거렸다. 물난리가 났을 때 그 자리에 없던 애들이었다. 아마도 트레이시 일당이 부르는 노래가 진짜라고 생각하는 듯했다.

"거짓말이야! 쟤네들이 그런 거야. 쟤네들이 그랬어."

난 소리를 질렀다. 울기 일보 직전이었지만, 설령 내 말을 믿는다고 해도 겉으로 내색할 리가 없다. "피이!" 하고 야유 섞인 웃음을 지어 보이고는 운동장으로 사라져 버렸다. 이내 그 넷만 남았다.

트레이시가 내 블라우스 칼라를 꽉 잡고는 벽에다 쾅 밀어붙이며 윽박질렀다.

"좋아, 마사. 따라 해. 나는 더러운 년이다."

나는 고개를 흔들었다.

"싫어."

트레이시가 움켜쥔 옷깃을 더 세게 옥죄는 바람에 숨이 꽉 막혔다.

"말해."

"싫어."

트레이시가 고개를 돌렸다.

"펠리시티, 물."

펠리시티가 종이컵에 물을 채우더니 입가에 웃음을 띠며 내게로 가져왔다. 나는 버둥거리기만 할 뿐 빠져나올 수가 없었다. 트레이시는 내 머리에 물을 확 쏟아 버렸다. 물이 머리칼을 따라 얼굴로 줄줄 흐르고, 블라우스 속으로도 스며들었다. 트레이시가 블라우스 옷깃을 놓더니 한 걸음 물러나 주먹에 온 힘을 실어 내 배를 푹 쳤다. 마치 트럭에 치이는 느낌이었다. 사방이 회색빛으로 변했다. 몸이 푹 꺾였다. 그대로 고꾸라져 가쁘게 숨을 몰아쉬다 끄응, 하는 신음소리와 함께 거의 의식을 잃고 바닥에 뻗어 버렸다.

"가자."

트레이시와 그 일당이 사라진 뒤, 나는 어떻게든 몸을 추스르려고 기를 썼다.

가까스로 몸을 일으켰다. 하지만 세면대에 모조리 게워 내고 말았다. 세면대를 치우고 천천히 밖으로 나왔다. 운동장에는 개미 한 마리 없었지만, 정류장에는 스콧이 기다리고 있었다. 스콧의 눈이 휘둥그레졌다.

"세상에…… 왜 이래, 마사? 흠뻑 젖었잖아. 대체 누가?"

"괜찮아."

아직도 배가 지독히 아팠다.

"가야 돼. 그리고 있잖아."

"뭐?"

"오늘 저녁에 만나, 일곱 시에."

"어디서? 저기……."

"딘스데일 라이즈 거리 끝에서. 나올 수 있어?"

"당연하지. 그런데 너 안색이 안 좋아. 바래다 줄까?"

"아니."

나는 스콧을 밀어냈다.

"진짜 괜찮아. 일곱 시에 만나."

 스콧과 만나자고 약속하다니, 왜 그랬는지 모르겠다. 머리가 어떻게 되었던 게 틀림없다. 아니면 바람을 타고 언니의 메시지가 실려 왔든지. '용감해져라. 용감해져라. 용감해져라.' 어쨌든 난 해냈고 그럼 된 거다. 이내 기분이 좋아졌다. 배는 여전히 아팠지만 테일러 힐을 올라갈 때쯤에는 옷도 거의 다 말랐다. 휴, 저녁 먹고 부모님이 나가려면 아직도 한참인데. 다행히 혐오는 기분이 괜찮은 듯했다. 제발 그 상태를 유지했으면, 하고 기도했다.

스콧 이야기 **#26 걱정은 나중에 하자**

일곱 시 십 분 전쯤 약속 장소에 도착했다. 엄마 아빠에게는 그냥 약속이 있다고만 했다. 누구라고는 말하지 않았다. 4월도 중반을 넘어섰고 꽤 늦게까지 날이 환했다. 부모님도 별로 걱정하진 않았다.

오 분 뒤에 마사가 왔는데, 아스다에 갈 때 입었던 옷과 똑같은 밋밋한 잿빛 원피스 차림이었다. 마사가 빙긋 웃었다.

"안녕! 뭐 할래?"

뭐 할지는 솔직히 생각해 보지 않았다. 마사가 만나자고 해서 특별한 계획이 있는 줄 알았다. 내가 제안을 했다.

"그냥 걸으며 얘기나 할까?"

"무슨 얘기?"

"음, 먼저 하교 시간에 무슨 일이 있었는지 말해 봐."

"아, 그거."

마사가 얼굴을 찡그렸다.

"화장실에서 트레이시 패거리가 물을 퍼붓고 배도 한 대 쳤어. 토하긴 했는데, 이젠 괜찮아."

"걔는 완전히 구제불능이야."

달리 무슨 말을 해야 할지 난감했다. 어두운 초록 터널 속을 걷는 듯, 머리 위로 나무 지붕이 드리운 좁고 긴 올드 그레인지 거리로 들어섰다. 날이 어두워지면 주로 연인들이 몰려드는 장소인데, 지금은 우리 차지다.

"여기가 이런 데인 줄 몰랐어. 멋지다."

마사가 감탄했다.

"응. 여기 이사 온 다음 날 찾아냈어. 그때는 잎이 나오기 전이었는데."

내가 맞장구를 쳤다.

"아아."

"너…… 이렇게 나와도 괜찮은 거야?"

"응? 아, 그럼."

"못 나온다고 했잖아. 절대로."

"알아. 그건 사실이야. 아버지한테 들키면 생각만 해도 끔찍하지만, 용감해지려고, 언니처럼."

마사가 빙그레 웃었다.

"언니가 메시지를 보냈어. '용감해져라.'"

"너희 부모님은 못 봤어?"

마사가 깔깔거렸다.

"그런 메시지가 아니야, 스콧. 하늘에서 온 거야. 마음에서 마음으로."

"아, 그거."

"아니, 장난 아니야. 난 여덟 살 때부터 보냈다고. 드디어 언니가 답장을 보냈어."

나는 고개를 흔들었다.

"너도 미쳤구나, 마사, 알지?"

마사는 꿈꾸는 듯한 미소를 지으며 어깨를 으쓱했다.

"그럴지도 모르고. 어쨌든 난 조금이라도 언니처럼 행동하기로 결심했어. 괜히 아버지 화만 돋우는 건지도 모르지만."

마사가 웃음을 터뜨렸다.

"이세벨, 아버지가 언니를 그렇게 불러."

"왜?"

"당연히 성경에 나오는 이세벨의 이름을 딴 거지."

"왜, 이세벨이 어쨌는데?"

마사가 나를 흘깃 바라봤다.

"음녀 이세벨. 스콧, 그 이야기 알지?"

"아니. 한 번도 못 들어봤어."

내가 씩 웃으며 덧붙였다.

"음녀가 뭔지는 알지만. 밤만 되면 여기 그런 사람들 천지거든."

"네가 어떻게 알아?"

"봤어. 연인들의 거리, 동네 사람들은 여길 그렇게 불러. 한 시간만 있으면 나타나기 시작할걸."

"그럼 가는 게 좋겠다."

나는 고개를 끄덕였다.

"우리 집에 가지 않을래, 마사? 콜라도 마시고 우리 부모님도 만나고."

마사는 고개를 흔들었다.

"어떻게……. 내가 네 여자 친구나 되는 줄 아실 거야."

"말도 안 돼! 또 그러면 좀 어때? 난 그런 거 신경 안 써."

"나는 신경 쓰여. 차라리 죽는 게 낫지."

"쓸 데 없는 소리. 우리 엄마 마음에 들 거야. 정말 좋거든. 아빠는 나가고 안 계실 거야."

나는 웃음이 나왔다.

"그렇다고 아빠가 나쁘다는 말은 아니야. 나쁘다곤 안 했다. 그러니까 가자, 마사, 응? 간다고 말해."

마사가 간다고 말하기를 얼마나 바랐는지 모른다. 그래야 엄마가 마사를 도와 줄 수 있으니까.

우리는 걸음을 멈추었다. 마사는 소들이 거니는 건너편 들판을 물끄러미 바라봤다. 나는 기다렸다. 마사는 아랫입술을 깨물며 서 있었다. 잠시 뒤 마사가 고개를 끄덕였다.

"좋아, 갈게. 하지만 오래는 못 있어. 여덟 시까지는 집에 가야 해. 꼭 그래야 해."

"야호!"

우리는 왔던 길을 되돌아갔다. 기쁜 한편, 집에 여자애를 데려왔다고 엄마 아빠가 또 얼마나 날 귀찮게 할지 눈에 선했다. 휴, 그런 걱정은 나중에 하자.

마사 이야기 #27 이대로 영원히 있었으면

"엄마, 얘가 마사야."

"어, 그래…… 잘 왔다, 마사. 학교에서 스콧이랑 같은 모둠이라고, 맞니?"

"안녕하세요, 아주머니. 네, 맞아요. 가끔 스콧이 자도 빌려 주고 그래요."

이 무슨 바보 같은 말인지. 하지만 난 너무 떨렸다.

아주머니가 웃음을 터뜨렸다.

"그러니까 자 때문에 너희 둘이 사귀게 됐구나, 응?"

"저, 우리 사귀는 거 아니에요. 그런 거 아닌데……."

뺨에 불이 붙은 듯했다. 스콧이 아니었다면 내가 무슨 말을 했는지도 몰랐을 거다.

스콧이 끼어들었다.

"아빠는?"

아주머니가 얼굴을 찌푸렸다.

"엄마가 마사랑 얘기 중이잖니, 스콧. 아빠는 새 컴퓨터를 구경한다고 브라이언네 집에 가셨단다."

"죄송해요, 엄마."

어쨌든 스콧이 나를 구했다. 아주머니는 내 웃옷을 받으며 앉을 자리를 권했다. 스콧은 식탁에서 내 옆자리에 앉았는데 바싹 다가앉지는 않았다. 아주머니가 내 웃옷을 복도에 걸고 냉장고에서 콜라를 꺼낸 뒤 초콜릿을 한 접시 내왔다. 둘이서 콜라를 홀짝이면서 초콜릿을 먹는데 아주머니가 활달하게 주방으로 들어오더니 질문 공세를 퍼부었다.

"저, 마샤, 한가할 때는 뭐 하니? 스콧처럼 텔레비전이나 컴퓨터광이니?"

"아니에요. 저희 집에는 텔레비전도 없고 컴퓨터도 없어요. 집에서는 제가 맡은 일들을 하고 나면 책을 많이 읽는 편이에요."

"음. 스콧도 책에 좀 관심이 있으면 좋을 텐데."

아주머니가 빙긋 웃었다.

"스콧이 너한테 그런 점을 많이 배우면 좋겠구나."

"글쎄요."

나는 주방을 둘러보았다. 잡지에 나오는 주방처럼 근사했다. 언젠가는 나도 꼭 이런 주방을 갖고 싶다. 밝고, 환하며, 반짝반짝 빛나는. 차가운 타일이 없는. 어두컴컴한 구석도 없는.

"무슨 책을 읽니? '포인트 호러', '스위트 벨리 하이*'? 아니면 팬 잡지 같은 거 좋아하니?"

---

*영국 작가 프랜신 파스칼이 쓴 청소년용 소설 시리즈로, 스위트 벨리 고등학교에서 일어나는 이야기를 담아 큰 인기를 끌었다.

아주머니는 식기세척기에서 그릇을 빼고 있었다. 우리 집에서는 내가 식기세척기다. 나는 고개를 흔들었다.

"그런 책은 못 봐요, 아주머니. 잡지도요. 아서 랜섬과 에니드 블라이튼의 책들, 학교 이야기들도 많이 읽었고, 그리고 『작은 아씨들』도 있어요. 어렸을 땐 『이상한 나라의 앨리스』를 읽었어요. 제가 제일 좋아하는 책이에요. 그리고 성경도 읽고요."

"훌륭하구나. 앨리스하고 작은 아씨들은 아줌마도 읽었는데, 아줌마는 낸시 드류 이야기가 제일 좋더라. 혹시 그 책도 읽어 봤니, 마사? 소녀 탐정 낸시 드류."

"아니요."

나는 스콧을 쳐다봤다.

"학교 도서관에는 없지, 그렇지?"

스콧은 어깨를 으쓱했다.

"몰라. 여자애들이나 읽는 책 같은데. 나는 피트 존슨 책이나 읽지."

스콧이 씩 웃었다.

"인터넷이 최고야. 얼마나 교육적인데. 엄마는 그렇게 생각하시지 않지만. 그렇지, 엄마?"

아주머니가 한숨을 내쉬었다.

"인터넷으로 접속한 플로리다의 그 녀석 누구냐, 록 밴드가 네 중학교 졸업시험에 도움이 될 거라니, 엄마가 무슨 말을 하겠니.

물론 인터넷에도 교육적인 자료들이 있긴 하다만, 엄만 네가 그런 자료를 다운받는 걸 한 번도 못 봤는데."

"아니야. 뭐, 애들도 가끔은 즐길 권리가 있잖아."

스콧이 낄낄거렸다.

"어쨌든 낸시 드류 같은 건 내 취향이 아니지만, 그럼 엄마가 졸업시험에서 8과목을 통과한 게 낸시 드류 덕분이란 거야?"

"그렇게 단정하긴 어렵다만, 얘, 밤새도록 인터넷만 뒤지다가 잠을 설치느니 열심히 책 보다가 아홉 시 반에 자는 게 이튿날 아침에 훨씬 머리가 맑아지는 건 분명해."

정말 멋진 분이었다, 스콧의 엄마는. 우리와 동등한 입장에서 말한다. 이치에 맞는 질문을 던질 뿐 아니라 우리 말도 잘 들어준다. 2분에 한 번씩 성경을 인용하며 집과 교회에서 일어나는 일 외에는 그 어떤 일에도 관심을 보이지 않는 우리 어머니와는 차원이 다르다. 마음 같아선 이대로 영원히 있었으면 했지만, 여덟 시 이십 분 전, 자리에서 일어났다. 아주머니가 집에까지 차로 데려다 주겠다고 했지만, 어차피 말도 안 되는 일이었고, 스콧이 걸어서 데려다 준다 해도 마찬가지였다. 딘스데일 라이즈를 따라 서둘러 걷다 보니 현실세계를 뒤로 하고 3차원의 세계로 걸어 들어가는 듯한 느낌이 들었다.

그곳이 우리 부모님의 집이기 때문이다. 그들의 집, 그들의 삶. 3차원의 세계.

스콧 이야기 #28 방법을 찾을 거야

"그러니까 엄마, 어때?"

우리는 마사가 문을 닫고 사라지는 모습을 지켜보았다.

엄마가 빙그레 웃었다.

"아주 착한 아이 같더구나. 부끄럼이 좀 있지만 거의 밖에는 못 나간다면 그러고도 남겠지."

"내가 말하는 건 그게 아니잖아. 엄마는 마사가 거짓말이나 할 애라고 생각해?"

엄마는 고개를 저었다.

"모르겠다, 스콧. 우리 집에 겨우 사십오 분밖에 있지 않았잖니."

"알아. 그래도 어떤 느낌 같은 게 있을 거 아냐. 마사가 동정이나 사려고 거짓말할 애로 보이냐고?"

"아니, 그런 것 같진 않다. 말하는 걸로 봐서는 내 질문에 솔직하게, 있는 그대로 대답하는 것 같더구나."

"그럼, 엄마가 마사를 도와 줄 거야?"

"제발, 스콧!"

엄마는 답답하다는 듯 한숨을 내쉬며 말했다.

"너는 엄마가 뭘 할 수 있다고 생각하는지 알 수가 없구나. 엄마가 보기에도 마사가 집에서 그리 행복하지는 않은 것 같고, 이유는 뻔하겠지. 남들 다 하는 것들을 그 애는 못하지 않니. 또 다른 애들은 당연히 가지는 물건들도 갖지 못하고. 엄마 말은, 우리 사회 대부분의 아이들이란 얘기야. 게다가 그 가엾은 애가 오늘 저녁에 우리 집에 입고 온 옷 같은 그런 차림으로 학교에 간다면 당연히 학교에서도 눈에 확 띌 텐데, 그 애 부모가 대단히 무신경한 사람들인 것만은 틀림없지만, 봐라, 그렇다고 범죄는 아니잖니. 그 사람들이 법을 어긴 것도 아니고, 누가 뭘 해 주겠니."

"때리는 건 불법이잖아."

"안다, 스콧. 하지만 증거가 없잖아. 아빠랑 엄마가 경찰서에 가서 듀허스트 부부가 딸을 때린다고 신고한다 치자. 경찰은 증거부터 요구할 거야. 증거가 없다고 하면 출동하지 않을 거야."

"그럼…… 마사가 직접 신고하면 증거가 되는 거 아냐?"

"안 될걸. 맞은 자국이든 뭐든 보여 줘야 해."

엄마가 나를 쳐다봤다.

"게다가 그건 또 다른 문제란다. 그 애 주장대로 맞은 게 확실하다면 학교에서 아무도 멍 자국 같은 걸 보지 못했다니 그것도 좀 이상하지 않니. 하다못해 체육 선생님이라도 봤을 텐데."

나는 세차게 고개를 흔들었다.

"마사를 거짓말쟁이로 몰지 마. 마사 아빠가 멍 자국을 남기지 않을 정도로 교활한 사람일 수도 있잖아."

엄마가 고개를 끄덕였다.

"네 말이 맞을지도 몰라. 그래도 문제는 남는단다. 아무리 가엾다고 해도 아무 증거도 없이 어떤 행동을 취할 수는 없는 거야."

화가 치밀어 올랐다. 화가 나서 미칠 지경이었다. 마사를 집으로 데려오라고 해 놓고, 막상 집으로 데려왔더니 어쨌든 도와 줄 수 없다고 한다. 난 점점 끓어오르는 화를 주체하기가 힘들었다. 뭐든 때려 부수고 싶은 심정이었지만 참았다. 가만히 엄마를 바라보며 이렇게 말했다.

"방법을 찾을 거야. 증거가 있든 없든."

내 말처럼, 내 마음도 냉정을 유지할 수만 있다면 얼마나 좋을까.

마사 이야기 #29 우리 집은 끔찍해

여덟 시 오 분에야 집에 도착했다. 거의 두 시간이나 비운 셈이다. 땅거미가 질 무렵이었고 모든 게 그대로인 듯 보였다. 소방차는 없었다. 우편함도 텅 비어 있었다. 지하실에서 이상한 소리가 난다며 캐물으려고 기다리는 동네 사람도 없었다. 스콧네 집에 좀 더 있다 나왔어도 괜찮았을 텐데, 더 있을걸, 하고 후회스러웠다. 혐오를 확인하고 나서 제1라디오를 틀어 나만의 작은 반란을 한 시간 가량 더 이어갔다. 음악에 맞춰 춤을 추었다. 그냥 그러고 싶었다. 오늘 밤은 그 어느 것도—이 집이 지하 감옥이라는 사실조차도—나를 슬프게 하지는 못했다. 아홉 시가 되자마자 라디오를 끄고 채널을 원래대로 맞춰 놓은 다음 내 방으로 올라갔다. 내 취침시간은 아홉 시다. 부모님 중 한 분이 집에 왔을 때 아래층에 있는 나를 보면 불호령이 떨어진다.

이튿날 아침, 담임 선생님이 행랜즈 탐험 이야기를 다시 꺼냈다. 아버지가 나를 보내 줄 리 만무했기 때문에 나에게는 걱정스러운 하루였다. 다들 알고 있다. 담임이 5월 1일까지 여행비를 내야 한다고 말할 때 다들 나를 지켜보고 있다는 걸 느낄 수 있었다. 70파운드.

"확실히 갈 사람 손 들어."

선생님이 재빨리 수를 셌다.

"됐다. 갈 것 같은 사람 손 들어 봐."

다시 셌다.

"이번엔 확실히 안 갈 사람 있나?"

내가 쭈뼛쭈뼛 손을 들었다. 나 하나뿐이었다. 담임이 고개를 끄덕이더니 종이에 뭐라고 적었다. 트레이시 스탬퍼가 내 발목을 툭 찼다.

"괜찮아, 누더기 양. 혹시 모르잖니, 너희 부모님이 복권에라도 당첨될지."

스콧을 뺀 모둠 애들이 다 같이 히죽거렸다. 스콧은 트레이시를 흘겨보더니 나를 보고 씩 웃어 주었다.

"너도 갔으면 좋겠다, 마샤. 네가 없으면 재미없을 거야."

쉬는 시간에 스콧이 말했다. 나는 고개를 저었다.

"그렇게 생각하는 애는 한 명도 없어, 스콧. 내가 가지 않아서 오히려 좋아하지."

"그 점이라면, 나 역시 마찬가지야."

스콧이 얼굴을 찡그렸다.

"나도 정말 안 가고 싶다."

"아니, 그러지 마. 나 때문이라면. 고맙긴 하지만, 네가 그러는 건 싫어."

스콧이 어깨를 으쓱했다.
"그래, 생각해 보자."
나는 빙그레 웃었다.
"어젯밤은 즐거웠어. 너희 엄마 정말 멋지시더라."
스콧이 씁쓸한 표정을 지었다.
"우리 엄마 괜찮긴 하지."
"괜찮다고?"
내가 웃음을 터뜨렸다.
"넌 정말 행운아야, 스콧. 멋진 집에, 평범한 부모님에. 너희 집에서 살면 좋겠다."
"허! 살아 보면 금방 우리 엄마 아빠의 다른 면을 발견하게 될 거다."
스콧이 씩 웃었다.
"오늘 밤에 또 와도 돼. 초콜릿 마저 먹어야지."
나는 고개를 저었다.
"연거푸 이틀은 곤란해. 내가 네 여자 친구인 줄 아실 거야."
스콧이 고개를 끄덕였다.
"벌써 그렇게 생각하셔. 그러니까 와도 괜찮은데."
"안 갈래, 오늘밤에는. 그렇지만 조만간 다시 갈게, 약속해."
"그럼 내가 너희 집에 갈까?"
"우리 집에?"

난 세차게 고개를 흔들었다.

"말도 안 돼. 말했잖아, 우리 집에는 남자애는 말할 것도 없고, 아무도 데려오면 안 된다고."

"누가 알겠어. 너희 부모님은 일하러 가시는데."

"어쨌든 안 돼, 스콧. 우리 집은 끔찍해. 춥고 컴컴한데다 좋은 거라곤 하나도 없어. 집에 와 보면 나랑 친구하지 않겠다고 할 거야."

"내가? 너희 집이 어떻든 상관 안 해, 마사. 너희 집도 아니잖아, 부모님 집이잖아. 그냥 네가 사는 데를 보고 싶은 것뿐이야. 그래야 내가 언제든 네 방에 있는 너를 떠올릴 거 아냐."

난 한숨을 내쉬었다.

"그럼…… 한번 생각해 볼게, 알았지?"

스콧이 미소를 지었다.

"알았어. 그 동안 나는 행랜즈에 대해 아빠랑 얘기 좀 해 봐야겠다."

나는 스콧을 바라보며 물었다.

"무슨 얘기?"

스콧이 한쪽 눈을 찡긋했다.

"두고 보면 알아."

스콧 이야기 #30 그냥 좋은 친구?

"아빠?"

"응?"

"우리 학교 여자애 아시죠, 마사."

"아, 그 애!"

아빠가 신문을 내리더니 나를 흥미로운 눈초리로 바라봤다.

"엄마 말이, 네가 집에 여자애를 데려왔다며? 나이가 점점 내려간다니까. 아빠는 열네 살 때 기껏해야 비행기에나 관심이 있었는데 말이다."

아빠가 이렇게 나올 걸 짐작하지 못했던 건 아니다. 나는 고개를 흔들었다.

"여자 친구 아니에요, 아빠. 우린 그냥 친구고 나는……."

"와!"

아빠가 맞은편에 앉은 엄마를 바라보며 놀렸다.

"어디서 들어 본 말 같지 않아, 여보, 그냥 좋은 친구다?"

엄마가 깔깔 웃음을 터뜨렸다.

"진짜예요."

마사가 그냥 친구일 뿐인지, 나 자신도 내 마음을 잘 모르고 있기 때문에 부모님이 놀리시는 게 아닐까. 예전에 사귀었던 그 누구보다도 마사 생각을 많이 하는 건 사실이다. 나는 다시 조심스럽게 말했다.

"근데요, 우리 반에서 행랜즈에 빠지는 사람은 마사뿐이거든요. 그런데 그게 걔네 부모님이 여행비를 주지 않아서라면 정말 불공평하잖아요. 그래서 말인데요, 우리가…… 아니, 아빠가 돈을 좀 내 주면 안 되나 해서요."

아빠의 얼굴에서 미소가 싹 사라졌다. 아빠는 신문을 접어 탁자에 내려놓은 다음 나를 보며 말했다.

"아들아, 일을 그런 식으로 하는 건 아니지. 사람들이 무슨 결정을 내릴 땐 다 이유가 있기 마련이고, 그 사람들의 자존심이란 것도 있는 거야. 그 애 부모님 역시 행랜즈에 가지 못하게 할 때는 충분히 합당한 이유가 있지 않을까?"

아빠가 고개를 갸웃하며 덧붙였다.

"카누나 밧줄 하강 같은 걸 하다가 사고를 당할까 봐 걱정할 수도 있지. 굳이 돈 때문이 아닐 수도 있다는 얘기야. 혹 돈 문제라고 해도, 생각해 봐라. 다른 애 부모가 돈을 대신 내 주면 그 부모는 기분이 어떻겠니? 돈을 갚을 형편이 안 되면 수치스러울 거고 그 사람들이 돈이 아까워서 그러는 게 아니라면 화도 날 거다."

아빠는 고개를 가로저었다.

"옛말에 이런 말이 있지, 스콧. '바보는 천사가 발 들여놓기를 두려워하는 곳에 뛰어들어간다.' 이번 경우와 딱 맞아떨어지는 말 같구나. 다른 사람들의 생활에 함부로 뛰어드는 건 좋지 않아. 네가 그러는 걸 좋아하지도 않을 뿐더러, 결국엔 좋게 하려다 오히려 상황만 더 나쁘게 만들 수도 있는 거란다."

아빠와 실랑이를 벌일 수도 있었다. '저는 우리가 서로 도와 가며 살아야 한다고 생각해요.' 라고 말하고 싶었지만 꾹 참았다. 난 아빠를 잘 안다. 한 번 마음을 정하면 그걸로 끝이다. 마사에게 미리 말하지 않은 게 다행이었다. 괜히 실망만 안길 뻔했다.

마사 이야기 **#31 이제 난 새로운 마사다**

어머니가 제일 좋아하는 구절이 있다. '구하라, 그리하면 받으리니.' 그래서 나도 한번 구해 보리라 마음먹었다. 몇 주 전만 해도 감히 시도할 생각도 못했지만, 이제 난 새로운 마사다. 마사, 메리 언니의 동생이자 스콧의 특별한 친구. 그렇긴 하지만, 아버지가 외출할 때까지 기다렸다가 말문을 열었다.

"어머니?"

"왜, 마사?"

어머니는 일하러 갈 준비를 하고 있었다. 나는 잔뜩 기대하는 듯 말을 꺼냈다.

"좀 있으면 행랜즈 탐험인데, 담임 선생님이 5월 1일까지 회비 내래요."

카디건의 단추를 채우던 어머니가 멈칫했다.

"허락하지 않을 거라는 걸 잘 알면서 행랜즈 얘기는 왜 꺼내는 거지? 아버지와 내가 일하러 가면 집은 누가 지키고, 혐오는 누가 돌보니?"

"겨우 사흘이에요, 어머니."

어머니가 코웃음을 쳤다.

"겨우 사흘? 너 가라고 아버지한테 딱 사흘만 집에서 쉬시라고 말할 엄두는 나지 않을 것 같은데, 그럴 수 있니?"

"제 생각엔…… 어머니가 집에 있으면 되잖아요, 어머니. 이번 한 번만요."

"아, 그런 생각을 했어, 네가? 너는 내 월급에서 24파운드가 사라지는 것도 모자라서, 그깟 카누 노 젓는 법 따위나 배우라고 쓸데 없는 돈을 기꺼이 내 줄 거라고 생각했다는 말이냐? 절벽을 잘 타면 어른이 돼서 남들보다 더 잘 산다든? 너 데려가겠다고 사람들이 네 앞에 줄을 서겠네."

나는 고개를 흔들었다.

"됐어요, 어머니. '구하라, 그리하면 받으리.' 라고 말씀하신 것도 어머니지만, 솔직히 허락하실 거라고 눈곱만큼도 기대하진 않았어요. 그 말이 감히 저한테 해당이 되기나 하겠어요, 저도 안다고요, 됐어요?"

어머니는 얼굴이 백지장처럼 새하얗게 질렸다. 어머니가 고래고래 소리를 질렀다.

"감히 어머니한테 성경 구절을 읊어? 아버지가 돌아오시기만 해봐라. 응분의 대가를 치룰 테니."

하지만 난 그럴 마음이 없었다. 대가를 치룰 생각이 추호도 없었다. 당연히 아버지는 화가 잔뜩 나서 쿵쾅거리며 계단을 올라왔다. 머리끝까지 화가 치솟은 아버지를 앞에 두고, 나는 서랍장을 밀어 문을 막아 버렸다. 그 욕지거리를 직접 들었어야 한다. 악마도 얼굴을 붉힐 정도였다. 열 시 십 분경, 아버지는 다시 쿵쾅거리며 계단을 내려갔고, 아침에 두고 보자며 불같이 화를 냈지만 막상 아침이 되자 아무 일도 없었다. 어머니가 나한테서 이상한 낌새를 느꼈나 보다. 미묘한 변화. 그냥 가만 놔 두라고 아버지를 설득한 게 틀림없다. 이제 나도 알 건 안다. 비밀들. 그리고 난 자라고 있다. 기도로 막을 수도, 때려서 단념시킬 수도 없다. '시간은 내 편이리니.' 성경 구절은 아니지만 사실이다. 조금 더 강하게 밀어붙였으면 심지어 행랜즈도 보내 줬을지 모르지만 굳이 그러고 싶지는 않다.

나를 싫어하는 스물여덟 명의 애들과 함께 절벽 끝에 서 있고 싶은 생각은 추호도 없으니까.

스콧 이야기   #32 마사네 어머니

금요일, 지난주처럼 우리는 아스다 밖에서 만나기로 약속했다.
"잊지 마. 못 나갈지도 몰라."

마사가 다짐을 주었다. 당연히 마사가 올 거라 확신했다. 하지만 토요일 오전 열 시 이십 분 전, 마사네 어머니가 죽은 쥐 같은 모자를 쓰고 주차장을 가로질러 걸어가는 모습이 눈에 들어왔다.

부슬부슬 비까지 내렸다. 삼십 분 가까이 기다리고 있던 터라 짜증이 치밀었다. 원래는 마사를 데리고 도서관에 가서 니켈로디언 방에 들를 계획이었다. 혼자라도 도서관에 갈까 했지만, 어차피 그럴 기분이 아니었다.

갑자기 좀 엉뚱한 생각이 떠올랐다. 마사네 어머니를 따라 슈퍼마켓을 돌면 어떨까? 이유는 모르겠다. 아주머니가 카트에 뭘 집어넣는지 보면 마사네 집 생활에 대해 뭔가 알게 되지 않을까 싶었든지, 아니면 그냥 심심했었나 보다. 어쨌든 난 아주머니를 미행하기 시작했고 장바구니 하나를 집어 들었다.

언젠가 이런 곳에서 틀어 주는 음악은 소비자들에게 일종의 최면을 걸어서 아무 생각 없이 물건을 집게끔 유도한다는 글을 읽은 적이 있다. 소비자들은 무엇에 홀린 듯 매장을 위아래로 몰려다니다 결국엔 자기가 뭘 골랐는지도 모른 채 카트만 가득 채워 계산대로 향한다는 얘기다. 그 말이 사실인지는 잘 모르겠지만, 아주머니에게는 통하지 않는 게 확실하다. 아주머니는 재미있는 데는 쏙 빼고 곧장 소금 판매대로 가더니, 따분하기 짝이 없는 물건들만 골라, 그것도 한 번에 딱 한 개씩만 집어 들었다. 아주머니를 따라잡기 바빠 나는 아무것도 사지 못했다. 계산대 앞에 멈춰 섰을 때 아주머니가 쇼핑한 물건이라고는 겨우 카트 바닥에 깔릴 정도였다. 밀가루, 설탕, 돼지기름, 감자 한 봉지, 세제, 일회용 기저귀, 오트밀, 그리고 비누. 그게 다였다. 나는 바로 뒤에 줄을 서려고 초코바 하나를 얼른 집어 바구니에 담았다. 아주머니의 외투는 사백만 년은 된 것 같은데 쾨쾨한 냄새가 물씬 풍겼다. 계산을 하려고 다 떨어진 지갑에서 동전을 한껏 그러모아 하나씩 세어 계산원의 손바닥에 올려놓았다. 비쩍 마른 다리를 감싼 스타킹 위로는 지렁이가 겨울잠이라도 자는 양 혈관들이 툭 불거져 있었다. 슈퍼마켓을 빠져나오자 이미 아주머니는 사라지고 없었다.

도서관에는 가지 않았다. 집에 모뎀이 깔려 있는 데다 주말에는 검색비가 싸기 때문에 곧장 집으로 돌아가 플로리다의 어떤 여자와 접속을 했다. 롤스로이스와 교외에 대저택을 소유한 스물네 살의 뇌수술 전문의라고 뻥을 쳤더니 '정말 멋져요.'라며 좋아했다. 자기 이름은 스칼렛인데 뇌는 멀쩡하니 다른 방법으로 자신을 도와 줄 수 없겠냐다, 외롭다나. 내가 사실은 열네 살이라고 이실직고하자 인사도 없이 접속을 꺼 버렸다. 물끄러미 화면만 바라보고 앉아 있다 보니 마사도 인터넷에 접속할 수 있다면 얼마나 좋을까 싶은 생각이 들었다.
 행여나.

마사 이야기 #33 결심

일요일 오전, 펜워 목사님이 '모든 남자들로 자기 집을 주관하게 하였으니'라는 구절을 주제로 설교를 했다. 〈에스더서〉에 나오는 구절로, 내가 작은 반란을 일으킨 직후에 목사님이 그 구절을 택한 게 과연 우연의 일치일까? 아마 아버지가 목사님에게 무슨 말을 한 듯하다. 아버지에게 순종하지 않는 아이들에 대해 목사님이 사정없이 비난하는 가운데, 꼬박 사십오 분을 부모님 사이에서 꼼짝없이 앉아 있어야 했다. 물론 교회에 다른 아이들도 있었지만 목사님의 한 마디 한 마디가 전적으로 나를 겨냥하는 듯했다. 집에 도착하자, 아버지가 공구 상자를 챙겨 내 방으로 올라갔다. 어머니를 도와 식사를 준비하는데, 위층에서 쿵쿵거리는 망치질 소리와 함께 북북 밀어 대는 소리가 들려왔다. 나는 아버지가 바닥을 뜯어내고 잡지 〈걸 토크〉를 찾아내거나, 특히 언니가 보낸 엽서들을 찾아낼까 봐 두려웠다. 지난 6년간 내가 그 물건들을 간직하고 있었다는 사실을 알게 되면 아버지가 어떻게 나올지 생각만 해도 끔찍했다.

아래층으로 내려온 아버지는 공구를 치우고 손을 씻더니, 기도를 올리고 식사를 했다. 아무것도 찾아내지 못했다는 확신이 들긴 했지만 되도록 빨리 식사를 마치고 내 방으로 올라갔다. 바닥은 무사했다. 처음에는 무엇이 달라진지도 몰랐다. 그러다 서랍장이 엘(L)자 모양의 받침대 두 개로 벽에 단단히 고정된 게 눈에 띄었다. 둘러보니 옷장과 협탁은 물론, 침대까지도 똑같이 고정되어 있었다. 내 방문 열쇠도 아버지가 가지고 있어서 이제 아버지가 수시로 내 방에 들어오는 걸 막을 도리가 없다. 그때든 나중에든, 아버지도 나도 별말은 하지 않았지만, 이 사건을 계기로 나는 내가 열여덟이 되는 순간, 지긋지긋한 이 집을 떠나야겠다는 결심을 더욱 단단히 굳혔다. 앞으로 4년이나 남았다는 사실에 너무나도 우울했지만 시간이 갈수록 견디기 쉬워질지도 모른다.

에스더*가 그랬듯이.

---

*페르시아의 왕비. 유대인의 딸로, 페르시아 왕 크세르크세스 1세의 비가 되어 하만의 유대인 살해 계획을 실패로 돌아가게 함으로써 이스라엘 민족의 영웅이 되었다.

마사 이야기 **#34 스콧이 찾아오다**

월요일 밤에 엄청난 일이 생겼다. 어머니가 나가고 한 십 분쯤 됐을까. 제1라디오를 들으며 설거지를 하는데 똑똑 문을 두드리는 소리가 들렸다. 얼른 라디오를 끄고 문을 열었더니 계단에 스콧이 서 있었다.

"놀랐지?"

스콧은 겸연쩍은 눈빛으로 빙그레 웃고 있었다. 나는 웃지 않았다. 우선은 너무나 놀랐고, 스콧에게 웃어 주고 싶은 기분이 절대 아니었기 때문이다.

"오지 말라고 했잖아! 우리 아버지가 나오면 어쩌려고. 내가 나올 줄 어떻게 알았어?"

내가 쏘아붙였다.

"너희 아버지가 차 타고 가시는 거 봤지. 어머니가 가시는 것도 봤고. 내가 바보냐."

"바보 맞아, 스콧. 바보가 아니면 여기 올 리가 없어."

나는 도로를 위아래로 흘깃거렸다.

"누가 보기 전에 얼른 가."

"안에 들어가면 아무도 못 볼 텐데, 안 그래?"

나는 고개를 저었다.

"안 돼……. 아무도 집 안에 들이면 안 돼."

나는 문을 닫으려 했다. 스콧의 면전에서 문을 닫아 버리고 싶진 않았지만 난 두려웠다. 혹시라도 교회 사람이 지나가다 보기라도 하면 그걸로 끝이었다.

스콧이 한 발을 쑥 내밀었다. 스콧의 운동화에 문이 탁 걸렸다. 계속 서 있게 둘 수는 없었다. 나는 옆으로 비켜섰다.

"그럼 들어와, 빨리."

스콧이 들어왔다. 나는 문을 쾅 닫고는 문에 기대 선 채 스콧을 노려봤다.

"좋아, 들어왔어. 이제 어쩔래?"

스콧이 어깨를 으쓱했다.

"오래 있진 않을게. 그냥 네가 보고 싶었어……. 네가 사는 데가."

"그래, 좋아."

나는 어두침침한 현관을 손으로 가리키며 말했다.

"여기야. 내가 끔찍하다고 했잖아."

스콧이 나를 바라봤다.

"끔찍하지 않은데 뭘. 좀 더 둘러볼까, 아니면 갈 때까지 그냥 여기 있을까?"

"그럼……."

내가 고개로 주방 쪽을 가리키며 말했다.

"설거지를 하던 참이라, 괜찮다면 행주로 닦는 거나 좀 도와 주든지."

스콧이 주방을 훑어보더니 고개를 끄덕였다.

"좋네. 뭐랄까…… 옛날식이네, 영화 속 주방?"

"그렇겠지."

내가 스콧에게 행주를 건네며 덧붙였다.

"아담스 패밀리."*

스콧은 별말 없이 그냥 겸연쩍어 할 뿐이었다. 난 예고 없이 찾아온 스콧을 원망하며 싱크대 속에 손을 담갔다.

---

*침울하고 괴기스러운 분위기의 집안에서 괴짜 가족이 겪는 해프닝을 그린 미국 영화

스콧 이야기 #35 일회용 기저귀

마지막 그릇을 닦고 행주걸이에 행주를 걸었다. 마사는 손을 말리는 중이었다. 한눈에도 나에게 잔뜩 화가 났다는 게 보였다. 나는 안절부절못했다. 집은, 내가 여태껏 본 바로는, 초라하기 그지없었다. 지저분한 건 아니다. 그런 뜻이 아니다. 짙은 페인트칠, 칙칙한 벽지, 그리고 구닥다리 가구들. 화초도 꽃도 없고, 되는대로 고른 물건들은 구석마다 잔뜩 쌓여 있거나 사방에 널려 있어 온통 뒤죽박죽이었다. 여기가 우리 집이라면, 왕따를 당하지 않거나 괴상한 부모가 없더라도 분명 의기소침해질 거다. 내가 찾아오는 걸 마사가 싫어하는 것도 당연했다.

"내 방 보고 싶니?"

분노로 착 가라앉은 말투였다. '아니, 괜찮아. 곧 갈 거야.' 라고 말하고 싶었지만, 빨리 나가고 싶어 안달이 난 것처럼 오해할까 봐 빙긋 웃으며 고개를 끄덕였다.

계단을 따라 올라가니 마사의 방이 나왔는데, 2층은 컴컴하고 좁은데다 삐걱거리기까지 했다. 옛날 흑백영화 속, 살인자가 내리친 놋쇠 촛대에 죽임을 당하는 여자, 살인자는 보이지 않고 음산한 그림자만 벽에 어른거리는 장면이 떠오를 만한 그런 곳이었다. 축축한 냄새까지 풍겼다.

"여기야."

마사가 문을 여는데, 문에서 진짜 꺄악, 하는 비명 같은 게 났다. 닳아빠진 카펫과 비스듬히 기운 지붕에는 때가 잔뜩 낀 작은 창문이 보였다. 벽에는 답답한 가구들이 단단히 고정되어 있었다.

"아늑한데."

내가 말했다. 아니면 뭐라고 한단 말인가?

"그래, 아늑하다."

마사가 나무 의자를 가리켰다.

"앉고 싶으면 앉아."

마사는 침대에 앉아 카펫만 뚫어져라 바라봤다. 어색한 침묵이 흘렀고, 침묵을 깨려고 내가 먼저 말을 걸었다.

"포스터 같은 건 없나 봐?"

마사가 고개를 흔들었다.

"저거 말고는 안 돼."

나는 마사가 고갯짓하는 쪽을 바라봤다. 글을 수놓은 액자였다. '주 하나님이 나를 보고 계시나이다.'

"네가 한 거야?"

무슨 말이든 하려고 내가 물었다.

"아니, 할머니가, 어렸을 때."

"그래."

어떻게 대화를 이어가야 할지 생각이 나지 않았다. 마사는 자기 집을 부끄러워하고 있다. 우리 집이라도 그랬을 거다. 마사를 달랠 방법이 마땅치가 않았다.
잠시 후, 마사가 조금 밝아진 얼굴로 말했다.
"있잖아, 내 비밀 물건들 보여 줄게."
난 얼굴을 찡그렸다.
"비밀 물건? 아, 그거."
마사는 일어나 한쪽 구석으로 가더니 무릎을 꿇고 앉아 얇은 카펫 귀퉁이를 들어 올렸다. 카펫 아래에는 헐거운 마루판자 하나가 있었다. 마사가 판자를 빼내 한쪽에 세워 두고는 구멍에서 물건들을 끄집어내기 시작했다. 책 네 권. 잡지들. 고무줄로 둥글게 말아놓은 포스터 한 장. 엽서 한 뭉치. 마사가 엽서 뭉치를 들어 올렸다.
"언니가 보낸 거야. 언니는 안 가 본 데가 없어. 볼래?"
왠지 내키지가 않았다. 그때는 그랬다. 문득 토요일에 본 게 떠올랐다. 좀 뜻밖의 물건. 나는 고개를 저었다.
"나중에. 마사?"
"응?"
마사가 여전히 무릎을 꿇은 채 나를 향해 몸을 돌렸다.
"일회용 기저귀는 누구 거야?"
마사는 다시 몸을 돌려 구멍에 물건들을 쑤셔 넣었다.

"일회용 기저귀? 무슨 말이야?"

"너희 엄마가 아스다에서 일회용 기저귀를 사셨어."

마사는 몸을 웅크린 채 구멍에 비밀 물건들을 정리하느라 정신이 없었다.

"그럴 리가. 그런데 그걸 네가 어떻게 알아?"

"미행해서 계산대 바로 뒤에 서 있었거든."

마사가 마루판자를 손에 든 채 몸을 휙 돌려 따지듯 물었다.

"왜? 우리 식구들을 염탐이라도 하겠다는 거야?"

나는 어깨를 으쓱했다.

"염탐이라니, 아니야. 그냥 호기심에, 그게 다야. 심심하기도 했고."

"별짓을 다한다, 아스다에서 남이나 따라다니고. 어머니가 눈치채면 안 되는데."

"어떻게 눈치채, 마사? 나를 생전 본 적도 없는데."

"혹시라도 어머니가 그렇게 생각하면…… 내가 아스다에서 누군가를 만난다고 의심하기 시작하면 내 쇼핑 탐험도 끝이야."

"걱정 마. 너희 엄마한테는 난 그냥 똑같은 손님이었어."

나는 마사를 바라보며 다시 물었다.

"아직 내 질문에 대답하지 않았잖아."

마사는 판자를 제자리에 끼워 넣으며 고개를 흔들었다.

"몰라, 스콧. 누구 다른 사람이 부탁해서 사다 줬겠지. 이웃 사람이든지."

마사가 치마를 매만지며 벌떡 일어났다.

"이제 가는 게 좋겠어. 아버지가 일찍 오실까 봐 겁나."

"그래."

나는 일어나서 마사를 따라 감옥 같은 방을 나와 계단을 내려갔다. 현관에서 마사가 내 소매에 손을 얹으며 물었다.

"우리 집에 와 봤다고 친구 안 하는 건 아니지?"

"당연하지, 바보야. 말했잖아, 너희 집은 상관하지 않는다고. 학교에서 보자, 응?"

마사는 문을 열고 위아래로 길을 살폈다.

"그래. 잘 가, 스콧. 내일 보자."

마사는 계단에 서서 내가 언덕을 내려가는 모습을 지켜보았다. 고개를 돌려 손을 흔들자 마사도 손을 흔들어 주었지만, 다시 돌아봤을 때는 이미 문이 닫혀 있었다.

마사 이야기 #36 지하실 괴물

 아슬아슬했다. 스콧이 나가고 채 얼마 되지 않아 혐오가 울부짖기 시작했다. 지하실 문은 현관과 바로 붙어 있다. 스콧이 듣기라도 했으면 대체 뭐라고 변명한단 말인가?
 당장 녀석을 살피러 달려가야 했지만 간발의 차로 위기를 모면하자 다리가 풀려 버렸다. 가까스로 몸을 일으켰다. 비척비척 거실로 걸어가 의자에 털썩 주저앉았다. 창문으로 저녁 햇살이 비치는데도 몸이 벌벌 떨렸다.
 '당연하지, 바보야.' 그래, 맞아. 하지만 넌 우리 집 지하실에 뭐가 있는지 모르잖아. 안 그래? 너한테 내 비밀 물건들은 보여 줬지만 전부를 보여 준 건 아니야. 가족의 비밀…….
 어릴 적 난 지하실 괴물에 대한 악몽을 꾸곤 했다. 나는 그게 메리 언니라고 생각했다. 웃지 마, 스콧. 제발 웃지 말아 줘. 웃을 일이 아니거든. 밤이면 들려오는 시끄러운 소리들. 불이 켜지고, 소리를 죽인 발걸음. 아침이면 언니는 없고, 지하실에는 그 녀석, 아무도 알아서는 안 되는 혐오가 있었다. 나는 언니가 밤마다 녀석으로 변신한다고 믿었다. 그래, 난 겨우 여덟 살이었다. 그때부터 악몽은 시작되었다. 깨어나서 아무리 울어도 내 방은 꼭대기에 있어서 아무도 내 소리를 듣지 못했다. 아무도 오지 않았다.

　상상해 봐, 스콧. 난 사람들의 모습이 바뀌는 줄 알았어. 잠이 들 땐 여자애였는데 깨어날 땐 완전히 변신을 하니까 지하실에 가둬 놔야 하는 건가 봐. 언니한테도 그런 일이 생기는데 나라고 다르겠어?

　물론, 차츰 깨달았지. 엽서가 오기 시작하면서. 그래서 내가 그 엽서들을 모아 뒀던 거야. 악몽을 물리쳐 줬거든. 나를 보호해 줬어. 다른 데 있어도 언니는 언니였어. 이 도시, 저 도시에 있는 언니가 지하실에 있을 순 없는 거잖아. 미치지 않게 나를 구해 준 거야, 이 엽서들이.

　문제는, 어쩌면 진실이 악몽 못지않게 끔찍한 건 아닌지 의문이 들기 시작했다는 거야.

스콧 이야기 **#37 바보는 뛰어들어간다**

아홉 시부터 잠자리에 들었지만 잠이 오지 않았다. 죽음의 벽, 큰 원통의 안쪽 벽을 빙빙 도는 오토바이 운전자처럼 머릿속에서 생각이 꼬리에 꼬리를 물었다. 마사네 집 생각. 계단에서 나를 보던 마사의 얼굴. 지금 이 순간에도 마사가 머물고 있는, 나를 생각하고, 마음 속으로 언니에게 메시지를 보낸다는 그 끔찍한 방. '여기는 마사, 메리 나와라. 들리나, 오바.'

마사는 언니를 정말 좋아한다. 그건 확실하다. 그런 시시한 엽서들. '언니는 안 가 본 데가 없어. 볼래?' 응, 이라고 말할걸. 나중에, 라고 해서 기분이 상했을 거다. 다음에는 꼭 보자고 말해야겠다. 다음이 있다면. 다음이 있지 왜 없어. 손도 다 흔들기 전에 마사가 문을 닫고 들어갔다고 그게…….

그런 식이었다. 꼬리에 꼬리를 물고. 잠이 안 오는 게 당연했다. 열한 시 십 분경, 좋은 생각이 떠올랐다. 기막히게 좋은 생각. 마사가 직접 나설 수 없다면 마사를 위해 내가 해볼 수 있는 일.

인터넷. 내가 인터넷으로 메리 누나와 접속해 보면 어떨까? 성공 확률이 낮다는 건 인정하지만 텔레파시보다는 낫겠지. 난 침대에서 벌떡 일어나 컴퓨터를 켜고 에이오엘(AOL)*에 접속했다.

에이오엘에는 게시판이 딸린 '여행' 사이트가 있다. 마사 말로는 자기 언니가 여행을 좋아한다고 했으니까 어쩌면 게시판을 확인할지도 모른다. 어쩌면. 나는 이렇게 메시지를 올렸다.

**마사 듀허스트가 영국 어딘가에 있는 메리 언니의 소식을 듣고 싶어합니다.
SCOXON881@AOL.COM으로 연락 바랍니다.**

게시판에 막 글을 올리자, 아빠가 들어왔다.
"지금 몇 시지, 아들?"
"알아요, 아빠. 화면에 나오잖아요. 열한 시 십칠 분."
"정확하다. 내일 학교 가야지. 당장 *끄고* 자거라."
"네, 아빠."

인터넷 접속을 끊고 창을 닫으며, 아빠가 얼굴을 불쑥 내밀었을 때 화면에 메시지가 없었던 게 천만다행이라는 생각이 들었다. 메시지를 봤더라면 바보는 천사가 발 들여놓기를 두려워하는 곳에 뛰어들어간다며 보나마나 나를 또 나무랐을 테니까.

＊아메리카 온라인. 미국 최대의 컴퓨터 정보통신회사(America Online Inc.의 약어)

마샤 이야기 #38 내가 누리는 축복들

비밀 구멍에 숨겨 둔 물건들 가운데 스콧에게 보여 주지 않은 게 하나 있다. 별건 아니다. '청소년 상담전화'가 나온 신문 기사와 그곳의 전화번호다. 만에 하나, 더는 견딜 수 없는 그런 날을 대비해 간직해왔다. 몇 달 전 저녁, 나는 그날이 왔음을 직감하고 그 번호로 전화를 걸었다. 혐오 얘기까지 모조리 털어놓을 생각으로 마음을 다잡고 전화를 걸었다. 어떤 결과를 초래할지 상상조차 할 수 없었지만, 어찌됐건 지금보다 나쁠 수 없다는 사실 하나만은 확실했다.

여자가 전화를 받았다. '여보세요. 청소년을 위한 전화입니다. 상담원 도리스입니다. 무엇이든 도와 드릴게요. 고민을 말해 주겠어요?' 여자는 나이 든 목소리에 대단히 친절했지만 막상 통화가 되자 나는 아무 말도 할 수 없었다. 목소리가 나오지 않았다. 귀에 수화기만 댄 채 가만히 서 있는데 여자가 나를 달랬다. '두려워하지 말아요. 뭐든 하고 싶은 말을 하면 돼요. 아무도 전화했다는 사실을 알지 못하니 걱정 말아요. 말해 봐요. 그래야 내가 도움을 줄 수 있어요.' 하지만 난 말하지 못했다. 그대로 전화를 끊고 의자에 털썩 주저앉아 울음을 터뜨렸다.

언제나 그 자리를 지키고 있다. 도리스 아주머니 말이다. 마음속으로 아주머니의 모습을 그려 본다. 커다란 몸집에 꼭 껴안고 싶은 힘센 두 팔과 부드러운 눈빛. 아주머니는 언제든 내 전화를 받아 줄 거다. 어머니가 자주 인용하는 경구 가운데에 '네가 누리는 축복을 세어 보아라.'는 말이 있다. 침대에 누워 내가 누리는 축복을 찬찬히 헤아려 보았다. 하나, 스콧. 둘, 메리 언니. 셋, 도리스 아주머니. 물론 어머니는 이들을 축복이라고 보지도 않겠지만, 이런 경구도 있다. '어떤 이에게는 축복이 다른 이에게는 혐오가 된다.' 〈마사서〉 말씀이다.

#39 엄청난 진실

화요일, 난 마사에게 다른 때보다 훨씬 더 친절하게 대했다. 마사네 집에서 즐거웠다고도 했다. 다음에는 꼭 보고 싶다고 엽서 이야기도 잊지 않았다. 하지만 인터넷 이야기는 꺼내지 않았다. 너무나 가능성이 희박하니까. 인터넷에 접속하는 사람들이 그리 많지 않을 뿐더러 그 많지 않은 사람들 가운데 메리 누나가 있을 가능성은 더욱 드물다. 게다가 남의 집 대화에 주제넘게 참견이나 한 듯 기분이 편치 않았다. 마사도 말은 상냥하게 했지만 약속을 잡지 않는 게 좋겠다고 했다. 오늘 밤에는. 순순히 수긍하면서도, 어쩌면 다시 마사네 집에 갈지도 모른다는 생각이 들었는데…… 찾아갔다. 그래서 엄청난 진실을 알아 버렸다.

진실. 그렇다. 특이한 사람을 알게 되면, 정말 그 사람을 잘 알게 되면, 그렇게 사는 데는 분명 이유가 있게 마련이라고 했던 말 기억하는지? 자, 다음 이야기를 잘 들어 봐. 내 말에 십분 공감할 테니.

일곱 시 십오 분쯤 마사네 집 근처에 도착했다. 제발 마사가 화내지 않기를 바라며 계단에 섰는데, 그 소리, 뭐랄까 짐승의 울음소리 같은 게 들렸다. 또렷하지가 않아서 집 안 저 끝에서 나는 소리처럼 들렸는데, 처음에는 마사다 싶어 철렁했다. 마사가 맞고 있구나. 그래서 만나지 말자고 했구나. 마사는 이미 알고 있었어. 오늘밤은 자기 부모님이 일하러 가지 않을 거라는 사실을. 그런데 짐작이 맞았던 거야. 저 안에서 내 사랑을 허리띠로 후려치고 있는 거야. 내 사랑, 나도 모르게 그렇게 불렀다. 두 주먹으로 사정없이 문을 쾅쾅 두드렸다. 미친 노인네가 나오면 내가 도대체 뭘 어쩌겠다는 건지, 빛나는 갑옷으로 무장한 기사는 절대 아니었다. 굳이 고백하자면, 너무나 두려워 입 안이 바싹 마를 지경이었지만, 우려했던 일은 벌어지지 않았다. 아무도 나오지 않았다. 내가 문을 두드리지 않자, 순간 주위가 조용해지더니 다시 울부짖는 소리가 들려왔는데, 그 표현이 맞는지 모르겠다. 정확히 말하면, 울부짖는 소리는 아니었다. 우, 하는 울음소리와 찢는 듯한 비명이 뒤섞인데다, 사이사이 흥분하여 웅얼대는 소리까지 들려 소름이 쫙 돋았다.

　가 버리고 싶었지만 그럴 수가 없었다. 한 번만 더. 잠시 소리가 그치기를 기다렸다가 다시 온 힘을 다해 문을 두드렸다. 내 소리에, 뭔지는 모르겠지만, 안에서 다시 비명이 들려왔다. 금방이라도 토할 것 같아 허겁지겁 달려 테일러 힐을 내려왔다. 반쯤 내려왔을 때 마사의 모습이 보였다.

마사 이야기   #40 젠장, 나도 할 만큼 했어

내가 있는 쪽으로 내려오는 스콧을 보자, 기쁘기도 하고 화도 났다. 스콧을 만나서 기뻤지만, 우리 집에 갔다 오는 게 분명했기에 화도 났다. 머릿속에서 기쁨과 분노가 엎치락뒤치락 싸움을 벌인 끝에 기쁨이 승리했다. 스콧에게 상냥하게 대하기로 마음을 정했다.

그런데 스콧의 표정을 보는 순간, 뭔가 잘못됐다는 느낌이 왔고, 이유는 분명했다. 기대했던 행복한 삼십 분은 물론, 화를 낼 의미 또한 사라졌다. 속으로 생각했다. '진리를 알게 되리니, 그 진리가 너희를 자유롭게 하리라.' 〈요한복음〉 8장 32절. 어머니가 제일 좋아하는 또 다른 성구. 내가 이 특별한 진실을 밝힌다면 어머니가 감격할 리 만무하겠지만, 젠장, 나도 할 만큼 했어. 이제는 누구에게든 말해야 해.

스콧도 주저 없이 물었다.

"도대체 너희 집에 뭐가 있는 거야? 흡혈귀라도 돼?"

기발한 발상이다. 내가 고개를 젓자 스콧이 채근했다.

"그럼 뭔데?"

"혐오. 혐오가 내는 소리야, 스콧. 눈치채고 말 거야, 어차피.

140

갈수록 목소리가 커지고 있어."

스콧이 나를 바라봤다.

"혐오? 그게 대체 뭐야? 무슨 이름 같은 거야? 개야, 뭐야?"

나는 고개를 저었다.

"아니, 스콧. 개가 아니야. 잘 들어, 내가 하는 말. 절대 아무에게도 말하면 안 돼. 너희 엄마한테도. 약속할 수 있어?"

"모, 모르겠어."

스콧이 고개를 저었다.

"그게 뭐냐에 따라 다르지, 마사. 뭔지도 모르는데 입 다물겠다고 약속할 수는 없잖아, 안 그래?"

나는 즉각 대답을 하진 않았다. 머릿속에서 팽팽한 줄다리기가 이어졌다. 혼자만의 문제가 아니기 때문이다. 그들의 비밀이지, 내 비밀은 아니다. 내 것도 아닌 비밀을 폭로해도 되는 걸까? 내 팔에 손을 얹으며 스콧이 우물거렸다.

"저기, 그게 사적인 얘기면, 다른 사람들과는 상관없는 그런 문제라면 말하지 않을게."

나는 고개를 끄덕였다.

"사적인 거야. 우리 가족 일인데, 다만……."

"다만?"

"다만 확신이 서지 않아, 스콧. 생각은 수천 번도 넘게 했어. 선생님, 도리스라는 상담원 아주머니, 경찰한테까지도. 다만 이 일로 어머니 아버지가 난처하게 된다면 내가 견딜 수 없을 것 같아. 그분들은 이게 옳다고 생각하셨어. 다른 수가 없다고 생각한 거야. 늘 기도하셨어. 조용하고 낮은 목소리에 귀를 기울이셨어. 우리 부모님이 유별나다는 건 나도 잘 알아, 스콧. 하지만 좋은 분들이야. 선하신 분들이라고. 당신들이 최선이라고 믿는 대로 행동하는 분들이야. 하나님이 바라시는 일이라고 믿는 대로."

나는 고개를 저으며 하던 말을 잠시 멈췄다.

스콧이 내 팔을 꽉 잡으며 말했다.

"괜찮아, 마사. 나한테 말해 봐. 그럼 우리 둘이 같이 결정할 수 있잖아. 혼자보다는 둘이 낫잖아."

나는 입술을 꽉 깨물며 바닥만 내려다봤다. 그토록 오랫동안 감춰왔던 비밀, 입을 떼기가 너무나 힘겨웠다. 전화였다면 끊어 버렸을 거다. 뚫어져라 보도블록만 바라봤다. 차들이 옆을 스쳐 갔다. 잠시 후 나는 숨을 깊이 들이마시고 간신히 입을 열었다.

"혐오는 남자애야, 스콧. 어린애. 지하실 우리 속에 살아."

눈을 들자, 눈물에 가로막혀 스콧의 놀란 얼굴이 흐릿하게 보였다.

"내가 그 애의 이모야."

나는 숨이 턱 막혔다.

스콧 이야기 #41 충격 그 자체야

머릿속이 정리될 때까지 아무 말 없이 가만히 서 있었다. 마사는 내가 건네준 휴지에 얼굴을 묻고 울었다. 지나가는 사람들이 있었지만 주의를 기울이는 사람은 아무도 없었다. 보지 않으면 휘말릴 걱정도 없을 테니. 잠시 후 마사가 얼굴을 들고 말했다.

"무슨 말이든 해봐, 생각나는 대로. 괜찮아."

나는 고개를 흔들었다.

"무슨 말을 해야 할지 모르겠어, 마사. 감당이 안 돼. 충격 그 자체야."

마사는 웃음을 터뜨리는 듯했지만, 코를 풀고 있어서 알아보기 힘들었다.

"충격. 그래. 이제 나랑은 친구하기 싫겠지, 확실해."

"아냐, 당연히 친구지. 하지만 지금 중요한 건 그게 아니잖아, 안 그래?"

"그럼 대체 뭐가 중요한데? 혼자 가슴앓이하기도 이제 신물이 나. 누구라도 좋으니까 나한테 무슨 말이든 해 주면 좋겠어. 내가 어떻게 해야 하는 거니?"

나는 얼굴을 찡그렸다.

"세상에, 마사, 내가 어떻게 알겠어. 누가 됐든 나이가 많은 사람이 있어야지. 어른. 어른에게 말해야 돼."

"경찰은 안 돼!"

마사의 목소리가 갑자기 날카로워졌다.

"약속했잖아, 스콧. 어머니 아버지가 곤란해지면 안 된단 말이야. 내가 말했잖아."

"알아, 하지만……."

"약속했잖아."

"아니, 안 했어, 마사. 다른 사람들과는 상관없는 문제일 경우의 얘기지."

"다른 사람들과는 상관없는 문제잖아. 가족 문제야. 우리 가족. 너한테 말하는 게 아니었어."

"아니, 말해야 했어. 말하길 잘했다는 말이야. 내 말은, 도울 방법을 모르겠다는 것뿐이야. 그 애, 엄마가 누구야?"

마사가 웃음을 터뜨렸다. 이번엔 의심의 여지가 없었다.

"누구일 것 같니, 내가 그 애 이모라면?"

"메리? 메리 누나 아들이야?"

"그래, 당연하지, 바보야."

"하지만…… 난 메리 누나가 착한 줄 알았는데."

"착해. 완벽해. 세상에서 최고로 멋진 언니야."

"그런데 자기 자식을 우리에서 살게 내버려 둔다고? 어떻게 그

걸 착하다고 할 수 있지, 마사, 나 같으면…….”

"언니는 아무것도 몰라!"

마사의 고함에 사람들이 흘깃흘깃 쳐다봤다. 마사가 고함을 치리라고는 꿈에도 생각지 못했다. 나는 서둘러 마사를 진정시켰다.

"쉿! 다들 쳐다보잖아."

마사는 격분한 듯 보였다.

"상관없어. 어떻게 너는 우리 언니가 사람을 우리에 가두게 내버려 둔다고 생각할 수 있니? 자기 자식을? 언니는 아기가 태어난 지 며칠 만에 입양된 걸로 알고 있어. 부모님이 언니에게는 입양시킬 거라고 해 놓고 안 했던 거야. 의로운 사람들 때문에."

나는 마사를 빤히 바라봤다.

"의로운 사람들? 무슨 말을 하는 거야, 마사. 의로운 사람들이랑 이게 무슨 상관이야?"

마사가 고개를 저으며 한숨을 내쉬었다.

"넌 이해 못해, 스콧. 너도 의로운 사람이 돼 봐야 이해할 거야. 우리는 그냥…… 아기는 결혼해야 낳는 건데, 봐, 언니는 미혼이었고 만약 부모님이 입양을 시키면…… 우린 감당할 자신이 없어."

마사가 시계를 봤다.

"집으로 가서 내가 설명해 줄게. 하지만 아무 짓도 하면 안 돼.”

마사가 나를 보며 재차 확인했다.

“아무 짓도 하면 안 돼, 스콧. 그 애를 데려가려고 한다든지 하면 안 돼. 약속해 줄 수 있지?”

“어…… 약속해.”

나는 고개를 끄덕였다. 도대체 내가 아이를 어떻게 하겠는가? 더 이상 아무 생각도 떠오르지 않았다. 우리는 언덕을 올라갔다.

마사 이야기 #42 언니 나와라, 오바

내 방 침대에 앉아 스콧에게 그 동안의 이야기를 들려주었다. 엽서들을 꺼냈다. 언니가 어머니 아버지에게 보낸 엽서들에서 아이에 대해 언급한 부분—처음 2년간은 이해할 수 없었던 그 에두른 표현들—을 스콧에게 보여 주었다. 스콧이 엽서들을 읽는 동안 나는 혐오를 살피러 내려갔다. 돌아와 보니 스콧은 벌써 엽서를 다 읽고 바닥만 뚫어져라 내려다보고 있었다.

"그래서?"

내가 시계를 보며 물었다. 이제 어머니나 아버지가 걸어 들어와 스콧을 발견하는 일만 남았다.

스콧이 고개를 흔들었다.

"어떻게 여태껏 가만히 있었는지 모르겠어, 마사. 너희 부모님이 저지른 일은 정말 끔찍하잖아. 정상적인 사람들이라면 그런 일을 저지를 수가 없지."

스콧의 목소리는 흔들렸고 얼굴은 몹시 창백했다.

"이제 보니 일회용 기저귀도 이해가 간다, 맞지? 기저귀를 빨랫줄에 줄줄이 걸어 놓을 수는 없을 거 아냐, 안 그래? 결정적인 증거가 될 텐데."

나는 스콧을 빤히 바라봤다.

"난 깨닫지 못했어, 스콧. 어렸을 때는 잘 몰라. 넌 남의 집도 다 너희 집 같다고 생각하지? 남의 부모도 다 너희 부모님 같은 줄 알지? 다른 엄마들은 옷을 집에서 만드는 게 아니라 사다 준다는 사실을 깨달은 게 아홉 살 때야. 그 전에는 애들이 왜 나를 보고 깔깔대는지 전혀 몰랐어. 그리고 열 살이 돼서야 언니에 대한 진실을 알았어. 처음엔 혐오가 언니인 줄 알았어. 어떤 끔찍한 방법으로 밤새 언니의 모습이 변해 버린 줄 알았다고. 그런 뒤 또 한참은, 그 애는 내 남동생일 거라 믿었어. 그 애가 왜 비밀이 돼야 하는지 이해하기는 힘들었지만. 열 살 때 언니의 아이라는 사실을 깨달은 것 같아. 반드시 결혼해야만 아기가 생기는 건 아니라는 사실을 알게 된 거야. 그러고 나니 앞뒤가 맞았지. 하지만 이미 그 상황에 익숙해진 뒤였어. 내가 옳다는 생각은 없었지만, 그렇다고 너처럼 이상하게 생각되지도 않았어. 충격은 아니었다고. 나에겐 늘 부모님을 보호하는 게 중요했어. 부모님의 비밀을 지키는 게······."

"다 좋아. 하지만 그 애는?"

스콧이 자리에서 벌떡 일어섰다.

"혐오라는 이름으로 우리에 갇힌 닭처럼 살고 있는 그 애는? 여섯 살인데도 기저귀를 차고 있는 그 애는? 그러면 안 되잖아······. 이대로 두면 안 돼, 마사. 그럴 순 없어. 누구에게든 알려

148

야 돼. 잘 들어."

스콧이 내 두 팔을 꽉 잡았다.

"메리 누나는 어때? 그 누나가 알면 어떻게 할 것 같아?"

나는 고개를 저었다.

"모르겠어, 스콧. 그렇지만 주소도 모르는데, 언니에게 알릴 방법이 없잖아."

"내가 메리 누나에게 연락할 방법을 안다면? 그렇게 하게 해 줄래?"

"뭐…… 부모님한테 들키지만 않는다면 괜찮지만, 네가 어떻게……."

"인터넷."

"뭐?"

"인터넷. 인터넷이 뭔지 알지, 응? 학교에서 애들이 말하는 거 들은 적 있지?"

"응, 들은 것 같긴 한데, 특별한 장치가 필요하잖아, 안 그래? 네 컴퓨터에. 학교 컴퓨터에는 없는…… 그거."

"모뎀. 아니, 우리 집 컴퓨터에 있어. 메시지를 보낼 수 있어. 메리 누나가 보길 바라는 수밖에."

"그렇지만 언니도 모뎀이 있어야 하잖아. 안 그래? 상상이 안 돼. 나처럼, 여기서 자랐는데. 우리는 텔레비전도 없어. 그런 언니한테 모뎀이 있을까?"

"너희 언니한테 꼭 없어도 돼, 마사. 언니가 아는 사람한테만 있으면 돼. 언니를 잘 아는 사람. 메시지를 전달해 줄 거야. 확실해. 한번 해 볼래?"

"모르겠어, 스콧. 너무 엄청난 일이라. 머리가 잘 안 돌아가. 지금은 아냐. 아홉 시가 다 돼 가잖아. 얼른 가. 생각 좀 해보고 내일 아침에 말해 줄게. 괜찮지?"

"그래, 그럼. 지금까지 저렇게 살았는데 하룻밤 더 산다고 큰 차이는 없겠지. 하지만 이대로 가만히 있으면 안 돼, 마사, 서둘러야 돼."

스콧이 집을 나간 시간이 아홉 시 오 분 전이었다. 스콧이 떠나자 나는 위층으로 달려가 속에 있는 걸 몽땅 토해냈다. 너무 긴장한 탓이었다. 난 잠자리에 들었고, 부모님과 얼굴을 마주할 염려는 없었지만 잠이 오지 않았다. 난 밤새도록 메시지를 보냈다. '언니 나와라. 언니의 아기가 여기에 있다. 언니를 기다린다. 너무 오래 기다렸다. 어서 와라. 언니 나와라, 오바……'

마사 이야기 #43 **엄마가 필요한가 보죠**

"어제 저녁에 어디 갔었지, 마사?"

아침 식탁에서 아버지가 물었다. 가슴이 쿵. 분명 나를 본 사람이 있다는 말이니 아니라고 해봤자 소용없는 일이다.

"올드 그레인지 거리요, 아버지. 녹음이 우거지고 조용해요."

제발 나 혼자 있을 때 봤기만을 기도 드렸다.

"녹음이 우거지고 조용하다……."

그렇게 말하는 아버지의 목소리가 부드러워서 깜짝 놀랐다. 일 년 전 아버지는 손에 회초리를 들고 식탁을 빙빙 돌았다. 그런데 지금은 의연히 자리를 지키고 앉아 있는데다 회초리도 보이지 않았다. 어머니는 그릇 세 개에 죽을 푸고 있었다. 아무 말도 없었고, 나를 쳐다보지도 않았다. 내가 고개를 끄덕이며 말했다.

"나가고 싶었어요. 산책하러. 가끔 이 집에 있으면…… 짜증이 나요."

내가 평소 잘 쓰는 표현은 아니었다. 아버지가 눈썹을 치켜 올렸다.

"그래, 네 어머니와 내가 열심히 일해서 마련한 이 집이 네 맘에 들지 않는다니 유감이구나. 우리는 하나님의 도우심으로 최선을 다하고 있는데 말이다. 그런데 혹시 말이다…… 올드 그레인지 거리에서 누구를 만난 거냐?"

"아니오, 아버지."

거짓말이 아니었다. 스콧은 테일러 힐에서 우연히 만났으니까.

"그러니까 집 때문에 짜증이 나서 어쩔 수 없이 남들한테 집안 문제를 떠들고 다녔다? 좋다."

아버지는 몸을 기울여 식탁을 손으로 꽉 잡으며 다짐을 주었다.

"그렇지만 네 어머니나 내가 집을 비운 사이에, 그 어떤 이유로도 지난밤처럼 산책을 나간다거나 집을 나가는 일이 재발돼서는 안 된다. 알아들었지?"

"네, 아버지."

"됐다."

어머니가 김이 모락모락 나는 죽을 갖다 놓자 아버지가 자세를 고쳐 앉았다.

"혐오가 요즘 평소 같지 않게 더 사나운 듯하구나. 주의해서 봐야 한다."

"엄마가 필요한가 보죠."

왜 이 말이 튀어나왔는지 모르겠다. 아무 말 말았어야 했는데. 어머니는 손에 든 그릇을 바닥에 툭 떨어뜨렸다. 타일 바닥에 부딪혀 산산조각이 나 버린 그릇과 함께 죽이 사방으로 튀었다. 아버지는 숟가락을 입으로 가져가다 말고 얼어붙었다.
"그 앤 엄마가 없다, 마사. 옛날에 죽었어."
나는 아버지의 눈을 똑바로 보고 맞받아쳤다.
"아니오, 아버지, 죽지 않았어요. 이름은 메리, 우리 언니고, 엽서를 보내죠. 지하실에 육 년 동안 자기 아이를 가둬 놓고 있다는 사실을 알면 언니가 어떻게 나올지 궁금하네요."

스콧 이야기 #44 악몽

"무슨 걱정 있니, 스콧?"

콘플레이크를 먹던 엄마가 걱정스러운 표정으로 물었다. 아빠도 나를 물끄러미 바라봤다.

나는 고개를 저었다.

"아니, 왜?"

"밤에 잠꼬대를 하더라. 소리도 지르고. 악몽을 꾸나 싶어서 엄마가 가서 깨웠잖아. 생각 안 나?"

"안 나."

엄마가 깔깔 웃기 시작했다.

"잠결에 엄마한테 무슨 말을 했는지 아니?"

"내가 뭐라고 했는데?"

"엄마가 말해도 안 믿을 거야."

"뭔데?"

"좋아. 똑바로 앉더니, 엄마를 간절한 눈빛으로 바라보면서 이렇게 말하더라. '이제 보니 일회용 기저귀도 이해가 간다, 맞지?'"

"내가?"

"분명히 그랬어. 대체 무슨 꿈을 꾼 거니?"

"다른 말은 안 했어?"

"다른 말은 안 했어. 그래서 엄마가 말했지. '알았다, 알았어. 그런 것 같구나.' 그랬더니 다시 베개에 머리를 파묻고 자던걸."

나는 내 그릇만 뚫어져라 바라봤다.

"허! 이상한 꿈이네. 그런데 아무 생각도 안 나."

사실 아직도 꿈이 생생했다. 어두컴컴한 장소. 누군가 나를 찾고 있었다. 나를 쫓고 있었다. 한 아이, 흉측한 몰골로, 우리 속에서. 하지만 엄마한테 고백할 문제는 아니잖아. 내가 어떻게?

"스콧, 걱정이 있다 보면 악몽을 꾸기도 한단다. 엄마 아빤 요즘 네가 어디에 정신이 팔린 것 같아서 말이야……."

"아무 문제없어, 엄마. 진짜야. 괜찮아."

"학교는 어떠니? 학교에선 문제없니, 아들?"

아빠가 물었다.

"없어요."

"공부가 어려워? 친구는? 왕따나 뭐 그런 거야?"

"아니에요. 말씀드렸잖아요, 전 괜찮아요."

"언제든 엄마 아빠한테 말하는 거 알지? 뭐든지? 엄마 아빤 언제나 네 편이다. 잊지 말거라."

"그럴게요, 아빠. 고마워요."

어련하시겠어요.

마사 이야기 **#45 게임 끝**

부모님이 학교에 가지 못하게 막았다. 5월의 첫 날만 아니었다면 아무렇지도 않았을 거다. 그날은 행랜즈 회비 마감일이었다. 분명히 트레이시, 고든, 그리고 얼간이 같은 사이몬은 내가 회비 때문에 결석했다고 생각할 거다. 말해 봤자 전혀 달라지지 않는다는 걸 잘 알기에 아버지한테 구구절절 설명하려고 애쓰지 않았다. 사실은, 아버지와 어머니는 두려워했다. 두 분의 눈빛을 보면 안다. 내가 당신들의 비밀을 폭로해 버릴까 봐. 이미 스콧에게 털어놓았다는 사실을 모르는 게 천만다행이다.

나쁜 점이 또 하나 있다. 스콧. 오늘 스콧에게 인터넷으로 언니한테 연락해도 좋은지 말해 주기로 했다. 침대에 누워 고민에 고민을 거듭한 끝에 결심을 굳혔는데, 스콧에게 연락할 방법이 없다. 스콧이 일을 진행할지 궁금하기도 했고, 선생님에게 이야기하는 일만은 없었으면 하고 기도했다.

아버지에게 엽서의 위치를 자백해야 했다. 당연히 다른 비밀 물건들까지 들켜 버렸다. 아버지는 이성을 잃고 내 뺨을 철썩 때렸다. 계단에서 어머니가 아버지에게 뭐라고 했는지 아버지가 다시 돌아왔다. 나는 침대에 몸을 웅크린 채 울음을 터뜨렸다. 아버지는 옆에 앉아 손수건으로 내 눈물을 닦아 주며 작은 소리로 미안하다며 나를 달랬다. 나는 이렇게 소리치고 싶었다. '미안하면 내 물건 돌려주세요!' 하지만 참았다. 아무 말도 하지 않았다. 잠시 후, 아버지는 내 손에 손수건을 찔러놓고 나가 버렸다. 힘없이 걸어가는 아버지의 뒷모습에서 이미 게임이 끝났음을 아버지도 인정하고 있다는 게 보였다. 다만 한 가지, 어머니 아버지가 다치지 않고 그 아이를 도울 방법이 있다면 내가 무슨 일이든 할 거라는 사실, 그것만은 아직 모르고 있다. 난 두 분을 사랑했고, 그래서 모든 게 힘겹다.

#46 제발 받기만 한다면

마사가 학교에 나타나지 않자 걱정이 되었다. 나를 자기 집에 들여 모든 비밀을 털어놓은 사실을 부모님이 알게 되었다면? '그 다락방 감옥의 죄수가 된 건가? 채찍질? 빵과 물만 먹고?'

애들 역시 내 마음을 무겁게 했다.

"누더기 앤이 안 나올 줄 알았다니까."

담임이 행랜즈 회비를 마지막으로 걷는데 사이몬이 속삭였다.

"창피하겠지."

트레이시에게 말하는 척했지만 사실은 내 얼굴을 바라보고 있었다. 나는 사이몬을 무시하고 가방만 뒤적거렸다.

트레이시가 맞장구를 쳤다.

"돈도 꿰매서 만들 수만 있으면 걔네 엄마가 직접 만들어 줄 텐데."

나만 빼고 모둠에 있던 애들이 다 같이 낄낄거렸다.

고든이 끼어들었다.

"맞아. 실도 헐렁하고 귀퉁이도 꼬부라진 게 진짜 돈보다 두 배는 더 두꺼울 거다."

"색깔은 얼추 맞추겠다만, 어림없지."

텔마 릭스비도 한 마디 보탰다.
퍽도 우습겠다. 웃겨 죽겠네. 나는 걔네들을 무시했다.
점심시간에라도 나타나기를 바랐지만 마사는 오지 않았다. 샌드위치를 먹으며 의논하려고 했는데. 하는 수 없이 펠리시티 와들 옆에 앉아서 샌드위치를 먹는데, 펠리시티가 놀려 댔다.
"여자 친구가 안 나왔네, 응, 시건방?"
"입 닥쳐, 여드름쟁이."
평소의 내가 아니었다. 난 애들 별명을 잘 부르지 않지만 참을 만큼 참았고, 생각할 것도 있었기 때문이다.
머릿속에서 그 애가 떠나지 않았다. 우리 속의 아이. 내 말 한 마디면 자유의 몸이 될 수 있는데도 아직도 그 우리 속에……. 아버지는 '바보는 뛰어들어간다.'라고 말했다. 다르게 말하면, 남의 일에는 신경을 꺼라. 하지만 우리 속의 그 아이는? 우리 모두의 일이 되어야 하는 게 아닌가?
집으로 오는 길에 우연히 마사를 만나지 않을까 기대했지만 허사였다. 속으로 생각했다. '마사는 갇힌 거야. 갇힌 게 아니라면 나를 만날 방법을 찾았을 텐데.'
차를 마시자마자 위층으로 올라가 컴퓨터를 켰다. 마사가 그렇게 하라고 대답할 거라는 확신이 들었고, 어차피 선택의 여지가 없었다. 6년 동안 지하실에 아이를 가둬 둔 사람들이 무슨 짓인들 못할까. 마사는 그들 손아귀에 있다. 여행 게시판에 메시지를 올려놓았지만 아무런 답글도 없었다. 문득 사이버 카페가 확률이 높겠다는 생각이 스쳤다. 메리 누나가 마지막으로 보낸 엽서가 버밍엄에서 왔고, 버밍엄에는 '카페 서프'라는 사이버 카페가 있다. 어쩌면 메리 누나를 잘 아는 누군가가 그 카페에 자주 들를지도 모른다. 어쩌면.

나는 새 메시지를 올렸다.

스크래칠리 출생으로, 마지막으로 영국 버밍엄에서 소식을 들은 메리 듀허스트를 아는 분이 있으면, 어떤 여섯 살 아이에 대해 긴급히 전할 소식이 있으니 SCOXON881@AOL.COM으로 메일을 달라고 꼭 전해 주시기 바랍니다.

부디 본명을 쓰고 있기를. 혹시라도 친구들에게 자신에게 아이가 있다는 사실을 알리고 싶지 않을까 봐 '메리의 아이'라고 쓰지 않는 편이 좋겠다고 생각했다. '여섯 살 아이'라는 말은 먹힐 듯싶다. 메리 누나는 그 아이가 어떤 아이인지 알 테니까. 메시지를 받기만 한다면.

제발 받기만 한다면.

마사 이야기 #47 아침 햇살 속으로 뛰쳐나오다

"있잖니, 마사, 연락할 길이 없단다…… 네 언니 메리 말이야. 하고 싶어도 못해."

목요일 아침, 아침 먹은 걸 치울 때였다. 엄마는 설거지를 하고, 나는 마른 수건으로 그릇을 닦고, 아버지는 사무실에 전화하러 잠깐 자리를 비웠다.

"한 번도 주소를 알려 주지 않았잖니. 제대로 된 딸 같으면 알려 줬을 게다."

"궁금하긴 하세요, 어머니?"

나는 딸그락거리며 서랍에 찻숟가락을 집어넣었다.

"어머니는 언니를 이세벨이라고 부르면서 아기만 남겨 두고 쫓아냈잖아요. 언니 이름을 부른 것도 이번이 처음이고, 하물며 그 애한테는 제대로 된 이름조차 없어요. 혐오는 이름이 아니에요."

"세례를 받으면 이름을 갖게 될 거야, 마사. 지금까지는 세례를 받게 할 수가 없었잖니. 왜냐하면……."

"왜냐하면, 감히 의로운 사람들에게 그 애의 존재를 알릴 수가 없었을 테니까요."

나는 행주를 접어서 걸었다.

"진실은 어쩌죠, 어머니? '진리가 너희를 자유롭게 하리라.' 하지만 우리 세 사람은 벌써 몇 년 동안이나 거짓말을 해왔어요."

어머니는 수세미로 배수구를 깨끗이 닦았다.

"너는 이해 못해, 마사. 어떻든 메리는 쫓겨났을 거야. 의로운 사람들한테 말이다."

"그랬을까요? 그건 교인답지 못해요. 우리는 서로 사랑해야 한다고 생각했어요."

"죄는 미워하되 사람은 미워하지 말라. 그게 우리의 방식이잖니."

"아, 그러니까 죄 지은 자들에게 등을 돌리는 게, 그게 사랑이란 말씀이네요?"

"그들은 회개해야만 해, 마사. 잘못했다고 말을 해야지. 예수님이 말씀하셨잖니. '가라, 그리고 더 이상 죄를 짓지 말라.' 네 언니는 뉘우치지도 않고 오로지 반항만 했다. 자기 방식을 고쳐야겠다는 생각은 추호도 없다고 했단다. 아이 아버지가 누군지조차 말하길 거부했어."

"그럴 만한 까닭이 있었겠죠, 어머니."

"쓸데없는 소리!"

어머니는 고무장갑을 벗어 수도꼭지 뒤에 걸쳐 놓았다.

"네 언니는 못됐다, 마사. 못돼 먹었어. 다른 사람한테 그 아이 얘길 해봐라. 그럼 당장 와서 그 애를 데려다 고아원이든 어디든

갖다 줘 버릴 테고, 네 아버지랑 나는 감옥에 들어갈 테니, 결국 너도 똑같이 고아원 신세가 될 거다. 네가 원하는 게 그거니?"

나는 고개를 흔들었다.

"물론 그건 아니에요."

"그럼 입을 다물어, 애야. 그건 거짓말을 하는 게 아니야. 그냥 우리끼리 해결하는 것뿐이야. 네 아버지와 내가 기도를 올렸으니, 그 아이가 곧 세례를 받고 정상적인 삶을 살 수 있도록 주님이 길을 예비해 주실 거야."

"정상적이요? 저처럼 말인가요? 저처럼? 그게 어머니가 생각하는 정상적이라는 건가요? 전 아니에요. 전 왕따예요, 어머니. 우리가 사는 방식 때문에 평생을 비웃음 속에서……. 이 바보 같은 옷들. 그 애가 기대할 게 이게 다라면 차라리 계속 지하실에서 사는 편이 백 번 낫겠어요."

"마사."

어머니가 나를 향해 두 팔을 내밀었지만 이미 늦었다. 나는 몸을 돌리며 고개를 흔들었다.

"전 갈 거예요, 어머니. 학교로요. 어머니 아버지한테 나쁜 일이 생기는 건 바라지 않지만 무슨 조치가 있어야 해요. 조치가 있을 거예요."

나는 눈물이 앞을 가려 비틀거리며 눈부신 5월의 아침 햇살 속으로 뛰쳐나왔다.

마사 이야기 #48 멋졌어, 마파

교문으로 들어서자마자 수업종이 울려서 스콧과 이야기를 나눌 시간이 없었다.

"어제 어디 있었지, 마사?"

담임 선생님이 물었다.

"집에 일이 좀 있었어요."

"사유서는 가져왔고?"

"아니오, 선생님."

"내일은, 마사, 잊지 말거라. 알겠니?"

"네."

트레이시가 내 쪽으로 몸을 기울이며 비꼬았다.

"엄마가 나가서 누더기라도 주워 오라고 했냐? 여름 옷 좀 만들게?"

"트레이시 스탬퍼! 넌 정말 못난이야. 그 잘난 옷으로도 네 얼굴은 가리지 못할걸."

내 입에서 그런 말이 나오다니, 나 자신도 깜짝 놀랐다. 내가 어떻게. 스콧은 물론, 다른 애들 역시 흠칫했다. 스콧은 입이 떡 벌어져서 나를 바라봤다. 어찌나 기분이 좋은지 하늘을 날아갈 듯했다.

스콧이 낄낄거리며 거들었다.

"말 그대로네, 트레이시. 말 잘했다. 네 얼굴, 꼭 불독이 씹다 만 깨진 유리 같다."

트레이시의 표정을 봐야 했는데. 분노 그 자체였다. 트레이시가 내뱉었다.

"두고 봐, 누더기. 쉬는 시간에 보자."

쉬는 시간이 되었지만 트레이시는 아무 짓도 못했다. 교무실 복도에 있었던 것도 아닌데, 아예 가까이 오지도 않았다. 아마 패거리를 모으는 데 실패했나 보다.

"스콧, 언니를 찾아야 돼. 네가 인터넷을 썼으면 좋겠어."

"벌써 했어. 사이버 카페에도 올렸고. 그래도 안 되면 스팸을 돌릴 거야."

"스팸?"

"응. 똑같은 메시지를 인터넷 토론방마다 쫙 뿌리는 거야. 원래는 그렇게 하면 안 되지만, 긴급 상황이잖아. 안 되면, BBC에다 에스오에스(SOS) 방송을 띄우면 어떨까? 왜, 있잖아……. '외몽골에서 오백만 년 전에 마지막으로 소식이 끊긴 찰리 판스반스 씨를 어머니가 애타게 찾고 있으니 구제불능의 추남추녀 전문, 트레이시 스탬퍼 병원으로 연락바랍니다…….'"

마사가 고개를 저었다.

"안 돼. 라디오는 안 돼, 스콧. 부모님이 들어. 의로운 사람들도. 가만히 있지 않을 거야. 그냥 하던 대로 인터넷을 쓰는 게 좋겠어. 의로운 사람들은 인터넷을 안 쓰니까."

스콧이 씩 웃었다.

"그저 물 위를 걸을 뿐이다?"

스콧이 일곱 시경에 만나자고 했다. 나는 고개를 저었다.

"안 돼. 누가 나를 봤어, 화요일 밤에. 아버지한테 일렀어."

"그래서? 혹시 너희 아버지가?"

"아니. 이제 안 때려, 스콧. 내가 그 애 얘기를 말해 버릴까 봐 두렵겠지. 그건 그렇고 일이 제대로 해결될 때까지는 저녁에 나가지 않는 게 좋을 것 같아."

"알았어. 내가 인터넷을 확인해 볼게. 메리 누나와 연락이 닿으면 내가 뭐라고 했으면 좋겠어?"

"마사라고 해. 아니, 마파라고 써. 마파. 언니만 부르는 내 애칭이니까 거짓말이 아니라는 걸 알 거야. 아이가 우리 집 지하실 우리에 있다고 하고, 주중엔 아무 날이나 저녁 일곱 시 이후에 와서 데려가라고 해. 안 그러면 경찰에 연락하겠다고."

스콧이 고개를 끄덕였다.

"알았어. 점심시간에 더 이야기하자. 그런데 참?"

"뭐?"

"멋졌어. 아까 트레이시한테 한 방 먹인 거 말이야. 진짜 기분 좋더라."

스콧이 씩 웃으며 덧붙였다.

"마파."

스콧 이야기 #49 널 지켜 주고 싶어

이메일이 오면 여배우 조안나 럼리가 '편지가 도착했습니다.' 라고 말해 준다. 목요일 오후, 받은 메일이 없어 컴퓨터를 끄고 머리나 식힐 겸 밖으로 나왔다. 따뜻한 햇살이 가득한 오후라 그런지 올드 그레인지 거리에는 사람들이 넘쳐났다. 공원으로 발길을 옮겨 강가를 걸었다. 강가에도 사람들이 많았지만 그냥 없는 셈 쳤다. 꼬리에 꼬리를 물고 일어나는 온갖 생각들 때문에 머리가 터져 버릴 것만 같았다.

뭘 해도 마사만 생각났다. 아마도 마사를 사랑하나 보다. 마사를 많이 좋아하는 건 분명한데, 그냥 좋아하는 거라면, 매 분 매 초 밤낮으로 그 사람 생각만 하지는 않을 거다. 버밍엄에도 좋은 친구들이 있고, 이따금 친구들을 생각하는 것도 사실이지만, 이 정도는 아니다. 집착이 아닐까 하는 생각이 들 정도다. 무슨 말이냐 하면, 난 지금 혼자 강둑을 걸으며 생각하고 있지만, 계속 마사와 이야기를 나누고 있다. 물론 소리 내서 말하는 건 아니다. 정신병자처럼, 보이지도 않는 사람과 혼잣말로 중얼거리며 걷는 건 아니지만, 마사가 바로 옆에 있다고 상상하며 침묵의 대화를 나눈다는 얘기다. 정말 마사가 옆에 있다면 꿈에도 생각지 못할 말을 꺼낸다. 가령 이런 얘기들. '난 너랑 사랑에 빠졌어. 우린 겨우 열네 살이라고 말하겠지만 진심이야. 난 항상 네 생각뿐이야. 널 지켜 주고 싶어.' 이런 사실을 알면, 엄마 아빠가 과연 뭐라고 할지 생각하면 한숨밖에 나오지 않는다. 아, 인생, 삶은 어렵구나.

그리고 그 아이 생각. 여섯 살인데 아직도 일회용 기저귀라니. 어떻게 생겼을까? 그날 밤 문밖으로 들리는 소리는 마치 짐승이 내는 소리 같았다. 그 애를 돌볼 때, 마사는 뭘 할까? 정확히, 뭘? 머릿속에서 생생하게 그려지는 장면에, 생각만으로도 토할 것 같은 기분이었다.

내가 어쩌다 이 일에 휘말린 거지? 만약 마사와 친구가 되지 않고 마사 뒤를 쫓는 애들 무리에 끼었다면 마사에 대해 알 일도 없었을 것을. 그리고 메리 누나. 아니면 우리 속의 그 아이. 정신 나간 사람처럼 정처 없이 강둑을 헤매며, 있지도 않은 사람과 이야기를 나누는 대신에 친구들과 놀러 가서 아무 생각 없이 신나게 즐기고 있을 텐데. '바보는 뛰어들어간다.' 아빠가 말씀하셨지. 아빠 말씀이 옳다는 생각이 들기 시작했다.

한 가지 기분 좋은 일이 있긴 하다. 내일은 금요일이고 월요일은 공휴일. 사흘간 연휴다. 토요일에는 아스다에서 마사를 볼지도 모르고, 월요일에는 마사가……

으, 또 시작이다. 제기랄.

마사 이야기 #50 이사

'주중엔 아무 날이나 저녁 일곱 시 이후에.' 오, 하나님. 한 아이의 인생을 결정하는 이야기인데, 이건 누가 집을 사고팔 때 자주 보는 문구처럼 들리니. 난 그냥 혹시라도 언니가 왔을 때 부모님이 집에 없어야 골치 아픈 일도 없을 거라고 생각했을 뿐인데.

집을 판다는 얘기가 나왔으니 말인데, 집에 돌아와 보니 충격적인 일이 나를 기다리고 있었다. 주방으로 들어갔더니 어머니가 종이 상자에 물건들을 쑤셔 넣고 있었다. 칼, 장식품, 냄비와 프라이팬. 바닥에 상자가 천지였다.

"뭐 하는 거예요?"

내가 물었다.

"이사."

어머니는 다 싼 상자를 옆으로 쓱 밀어 놓고 허리를 굽혀 빈 상자를 집어 들었다.

"네 덕분에."

"무슨 말씀이세요, 이사라뇨?"

위층에서 아버지가 쿵쾅대는 소리가 들려왔다.

"어떻게요? 어쩌려고……."

난 지하실 쪽으로 고개를 돌렸다.

"알아서 할 거야."

어머니는 오븐 장갑과 행주들을 상자에 쑤셔 넣었다.

"해야 돼. 다 네 탓이다. 너랑 그…… 이름이 뭐냐…… 스콧."

"스콧이요? 스콧이 왜요? 걔는 아무……."

"네가 걔랑 너무 친하게 지냈어. 네 아버지가 경고하셨지만, 벽 보고 이야기하는 게 낫지. 우린 달라. 선택된 사람들이야. 우리 방식을 이해하지 못하는 사람들과 어울려 지낼 수는 없어. 우리만 곤란해질 뿐이야. 가야 해, 당장, 너무 늦기 전에."

"다…… 당장이요?"

나는 공포에 휩싸였다.

"오늘이요? 오늘 떠난다고요? 학교는요? 아버지 직장은요? 어디서 살 거죠?"

어머니는 상자 더미 위에 다 싼 상자를 올려놓고 다시 하나를 집었다.

"진작 네 스스로 그런 질문들을 해보지 그랬니. 아버지는 워튼 지국으로 전근을 가실 거고, 집이 하나 나와서 워튼에서 살기로 했다. 학교 문제는……."

"하지만 워튼은 여기서 너무 멀어요. 백 킬로미터는 되는데. 백 킬로미터나 떨어져서…… 어떻게 떨어져서……."

어머니가 코웃음을 쳤다.

"그 녀석? 바보 같은 소리 그만 해, 마사. 넌 겨우 열네 살이야. 아직 어린애야. 내가 네 나이 땐 남자 친구 생각도 못했다. 일주일도 못 가서 잊어버릴 걸 가지고, 분명해."

나는 고개를 저었다.

"아니요. 못 잊어요. 제겐 하나뿐인 친구예요. 어머니 때문에, 의로운 사람들 때문에요. 난 가지 않을 거니까 스콧을 잊을 일도 없을 거고, 억지로 끌고 갈 생각은 하지도 마세요. 그럼 다 말해 버릴 거야. 교장 선생님, 경찰, 아무한테나 다! 그럼 교회에서도 죄인이 돼서 쫓겨날 거고, 두 분 다 감옥에 가면 난 좋아서 미칠 거예요!"

내 목소리가 점점 커져서 좋아서 미친다고 할 때는 거의 비명에 가까웠다. 어머니가 나를 향해 다가왔다. 나는 휙 돌아서서 문을 향해 정신없이 달리며 울음을 터뜨렸다. 현관 앞에는 천둥이 치는 듯한 얼굴로 아버지가 양팔을 쫙 벌린 채 버티고 있었다.

마사 이야기 #51 실낱같은 희망

아버지가 나를 방에 가뒀다. 위층으로 끌려 올라가면서도 계속 발길질을 하며 몸부림을 쳤다.

"나를 가둘 순 없어요. 아버지랑 어머니가 일하러 가면 그 애는 누가 돌보죠?"

내가 숨을 헐떡이며 말했다.

알고 보니 이사는 화요일이었다. 공휴일 연휴도 있었지만, 아버지는 휴가를 냈다. 워튼에서 다시 일을 시작할 때까지는 일을 쉰다고 했다.

"학교요. 벌써 수요일에도 못 가게 했잖아요. 내일도 안 가면 이상하게 생각할 거예요."

내가 애원했다.

"아니, 마사, 그런 일은 없을 거다."

아버지가 불쑥 내 방으로 들어오며 말했다.

"아버지가 전화로 교장 선생님한테 말씀드렸다. 갑자기 전근을 가게 되었다고 했다. 넌 전학을 갈 거야."

그뿐이었다. 아버지는 열쇠로 문을 잠그고 아래층으로 내려갔다. 나는 정신없이 돌아가는 상황에 멍해져서 침대에 앉아 있었다. 불과 이십오 분 전, 내일 아침이면 만날 거라 굳게 믿고 스콧과 작별 인사를 나눴다. 스콧이 인터넷을 확인하겠지. 아침이면 새로운 소식이 있을지도 모르는데, 나는 나가지 못한다. 다시는 스콧을 만날 수 없다.

아, 이렇게 포기할 수는 없어. 나는 빠져나갈 방법을 궁리하고 또 궁리했다. 열쇠 없이 자물쇠를 땄다는 얘기를 들은 게 생각나서 쓸 만한 물건들을 찾아보았다. 철사로 만든 물건. 문득 옷장 속 옷걸이가 떠올라 옷걸이 하나를 꺼내 끄트머리만 살짝 꼬아서 열쇠 구멍에 쑤셔 넣어 보았지만 아무리 흔들고 비틀어도 끄떡없었다.

창문도 생각해 봤다. 지붕에 낸 창이라, 경사진 지붕에 작게 구멍을 낸 지저분한 창이었지만 열리긴 했다. 의자 위에 올라서서 창문을 열고 밖을 내다보았다. 보이는 거라곤 하늘 약간, 가파르게 홈통으로 이어지는 미끌미끌한 기왓장들, 그리고 길 건너편에 보이는 집들의 지붕뿐이었다. 밖으로 기어나가 바닥까지 배수관을 타고 내려가는 모습을 상상해 보았지만 경사를 보는 순간, 집에 불이 나도 도저히 빠져나갈 길이 없다는 사실을 깨달았다.

잠시, 휘갈겨 쓴 메시지를 밖으로 던져서 날리는 상상도 해보았다. '도와 주세요. 다락방에 갇혔어요. 지하실 우리에 아이가 갇혀 있어요. 경찰에 신고해 주세요.' 이미 엽서와 잡지까지 몽땅 압수당했기 때문에 성경책을 찢든가 벽지를 뜯어내야만 했다. 실제로 성경책 면지를 뜯어내기도 했지만 쓸 물건이 없었다.
 한 가지 희망은 부디 스콧이 돌아오는 화요일, 우리가 사라지기 전에 인터넷으로 언니를 찾는 거다. 실낱같은 희망. 너무나 실낱같은 희망인지라 난 침대에 몸을 웅크리고 앉아 울다 잠이 들었다.

스콧 이야기

#52 절박한 사람은 댄 하나가 아니야

금요일 오전 나는 끊임없이 되뇌었다. '사람들이 학교를 빠지는 이유는 수만 가지다. 목이 아프거나 밤에 아팠거나 늦잠을 잤거나.' 그런데 점심시간에 텔마 릭스비와 트레이시 스탬퍼가 나에게 퍼스로프 선생님이 마사의 사물함을 치우고 있다고 말했다.

"퇴학당한 거야, 지저분하다고."

텔마가 숨을 헐떡이며 말했다.

"거짓말쟁이 계집애. 정서 장애아들이 모인 특수학교로 보낸다더라. 외계인이 담임한테 하는 소리 들었어."

트레이시도 화난 목소리로 말했다. 둘 다 기뻐서 어쩔 줄을 몰라 했다.

나는 허겁지겁 교무실로 달려갔다. 잠시 후 퍼스로프 선생님이 불룩한 비닐봉지를 팔에 끼고 나타났다. 퍼스로프 선생님은 행정실 선생님이다.

"그래, 스콧. 뭘 도와 줄까?"

"선생님, 마사 듀허스트 있잖아요. 궁금해서 그러는데……."

"뭐가 궁금하니, 스콧?"

"선생님, 여자애들이 마사가 전학을 간다고 해서요. 트레이시 스탬퍼가 그러는데 특수학교로 간다고."

"트레이시 스탬퍼는 원래 생각 없이 말하는 애긴 하다만, 이번 연휴가 끝나도 마사는 나오지 않을 거야. 그건 맞는 말이다. 마사 아버지 직장 문제로 온 가족이 스크래칠리를 떠나기로 했단다."

"어디로요, 선생님? 어디로 간대요?"

퍼스로프 선생님이 비닐봉지를 의자 위에 툭 던지더니 한숨을 내쉬었다.

"그건 네가 상관할 바가 아닌 것 같구나, 스콧 콕슨. 너한테 알리고 싶었다면 말했겠지. 선생님은 말해 줄 수 없다."

"하지만, 선생님, 정말 중요해요. 마사랑 저한테는……."

말해야 하나? 그 아이, 그리고 모든 걸? 아이와 함께 사라져 버리면 어떻게 아이를 구해 낸단 말인가?

"마사랑 너한테?"

아이들의 낭만적인 비밀을 눈치챘을 때 어른들이 늘 그러듯, 선생님의 눈빛이 반짝였다.

"아직은 좀 이른 것 같지 않니, 스콧? 너희 둘 다 말이야."

선생님이 미소를 지었다.

"네가 어디 사는지 마사가 알 테니까, 안 그러니? 연락하고 싶으면 마사가 하겠지."

그게 다였다. 문제 종결. 면접 끝. 갑자기 너무 화가 나서 주저리주저리 떠들어 봤자 아무 의미도 없겠다 싶었다. 게다가 내 말을 믿을 리도 없다. 밖으로 나오니 텔마와 트레이시가 손을 맞잡고 운동장을 행진하듯 빙빙 돌며 노래를 부르고 있었다.

"누더기 앤, 누더기 앤, 도망을 갔다네, 절박한 댄*과 함께."

'절박한 사람은 댄 하나가 아니야.' 나는 속으로 생각했다.

---

*Desperate Dan, 영국 만화가 켄 해리슨의 작품에 등장하는 주인공

마사 이야기 #53 위험한 계획

금요일에야 겨우 풀려났다. 다른 수가 없었겠지. 이제껏 이 정도로 심각했던 적은 없었다. 아이는 비명을 지르고, 고래고래 고함을 치고, 심지어는 제 몸을 창살에 쿵쿵 부딪혀 댔다. 뭔가 심상치 않은 일이 벌어지고 있다는 걸 직감한 듯했다. 부모님은 나한테 아이를 맡겨 놓고 이사에 필요한 물품을 준비하러 나갔다. 난 달래도 보고 장난감과 먹을 걸로 꼬여도 보았지만 진정이 되지 않았다. 주는 건 죄다 나한테 휙 던져 버렸고, 우리 밖으로 나오려고 기를 썼다. 결국 아버지가 야간용 덮개를 나사로 꽉 죄어 놓고 올라와 버렸다. 클래식 에프엠 방송의 소리 크기를 최대한으로 키워 놓고 마음껏 소리 지르게 내버려 뒀다.

나는 내 서랍장과 옷장을 비워 전부 크고 낡은 여행 가방에 담아야 했다. 밖에서 내 방문을 걸어 잠그지는 않았다. 짐을 다 싼 뒤에는 아래층으로 내려와 텅 빈 주방에서 음식을 준비하고 있는 어머니를 도왔다. 정말 아무렇지도 않은 듯했지만, 말 그대로 시늉일 뿐이었다. 기회만 오면 단 일 분이라도 좋으니 얼른 밖으로 빠져나가 스콧에게 메시지를 남기고 싶은 마음뿐이었다.

어젯밤 침대에서 계획을 세웠다. 위험한 계획. 세 가지 요건이

필수적이었다. 첫째, 내가 더 이상 학교에 나가지 못한다는 사실을 스콧이 알고 있어야만 한다. 둘째, 스콧이 사정을 알아보러 테일러 힐로 올라와야 한다. 마지막으로 셋째, 스콧이 오기 전에 스콧이 볼 수 있도록 어딘가에 메시지를 붙여 놔야 한다. 나는 엄마가 내 서랍장 안에 발라 둔 벽지를 뜯어 빨간색 사인펜으로 커다랗게 메시지를 썼다. 내용은 이렇다. '스콧, 문 두드리지 마. 부모님 계셔. 이사는 화요일. 월요일까지 언니 소식 없으면 너희 부모님이나 선생님께 알려. 월요일까지는 기다려. 사랑하는 M.'

치마 주머니에 접어 넣고 압정도 네 개 챙겨 넣었다. 이제 필요한 건 밖으로 나갈 단 몇 분.

기다림은 고통이었다. 세 시 반이 지나자 더욱 그랬다. 스콧이 학교 끝나자마자 찾아온다면? 부모님이 집에 있다고 짐작할 터라 문을 두드리지는 않을 거다. 아마도 무슨 일이 생긴 건 아닌가 싶어 힐긋거리며 집 주위만 몇 번 왔다 갔다 하겠지. 창문으로 내 모습을 보진 않을까? 어쩌면. 결국 허탕치고 갔다가 일곱 시가 넘으면 다시 찾아올 테고, 이번에는 문을 두드릴 거다. 그 다음은 감히 상상조차 할 수가 없다. 어쨌든 메시지를 붙여 놔야 한다. 반드시.

여섯 시 반에 기회가 왔다. 어머니는 야간조 때문에 나가고 없었다. 아버지는 하루 종일 매처럼 날카로운 눈초리로 나를 지켜보고 있었지만 화장실 때문에 하는 수 없이 위층으로 올라갔다.

현관문이 잠겨 있다고 굳게 믿고 있든지, 아니면 내가 달아날 생각을 포기했다고 짐작했겠지만 아버지가 틀렸다. 아버지가 시야에서 사라지자마자 나는 문을 열고 잽싸게 뛰쳐나와 구깃구깃해진 쪽지를 주머니에서 꺼내며 아래로 내달렸다. 발소리는 요란한 라디오 소리에 묻히겠지만 나에게 주어진 시간은 단 일 분뿐이라는 걸 잘 안다. 언덕 아래로 사오 미터를 달려 옆집 울타리에 쪽지를 꽂으며, 참견하기 좋아하는 인간이라도 나타나 쪽지를 뜯는 일이 없기를, 제발 비가 오지 말기를 기도 드렸다. 비가 오면 내 메시지는 순식간에 의미 없는 얼룩 투성이로 변해 버릴 테니까. 마지막 압정을 꾹 누른 뒤 온 힘을 다해 집으로 달렸다. 아버지가 나타났을 때, 나는 주방에 되돌아와 남은 접시들을 닦고 있었다. 난 최선을 다했다. 이제 기다리는 일만 남았다.

#54 이메일

학교가 끝나자마자 마사네 집으로 달려가고 싶은 마음뿐이었다. 사실 그럴 뻔했지만, 그래봤자 아무런 의미도 없다는 생각이 들었다. 떠났다면 집은 비어 있을 거고, 아니라면 부모님이 집을 지키고 있을 테니까. 오늘은 떠나지 않을 거라고, 그렇지 않으면 마사가 어제까지 그 사실을 모르지는 않았을 거라고 스스로를 위로했다. 분명 주말은 넘길 듯싶었다. 일단 집으로 가서 이메일을 확인하고 요기를 한 뒤 일곱 시경에 찾아가 보기로 했다.

아, 그렇다고 내가 말처럼 그리 침착한 상태는 아니었다. 절대로. 아이에 대한 걱정이 다는 아니었다. 확실히, 나는 걱정스러웠다. 메리 누나와 연락이 닿는다 해도 기껏해야 하루 이틀 사이에 내가 무슨 도움을 줄 수 있을까? 하지만 지금 당장 제일 큰 걱정은 마사였다. 나와 마사. 그래, 좋다, 나도 인정한다. 나는 마사에게 빠져 버렸다. 사랑에. 엄마는 이렇게 놀리겠지. '스콧이 사랑에 빠졌대.' 진짜 웃긴다. 하지만 웃을 일이 아니다. 내 입장이 돼 보지 않으면 모른다. 그래서 집에 오는 내내 괴로웠다. '마사가 떠난다는데 난 어디로 가는지조차 모르잖아. 오늘 밤 마사를 만나면 알게 되겠지만 만일 그곳이 백 킬로미터는 더 떨어진 곳이라면. 이백 킬로미터. 삼백 킬로미터. 다시는 만나지 못할 거야. 다시는. 마사가 편지할까? 나와 똑같은 마음일까? 아니면 새 학교로 가자마자 나를 잊고 다른 남자애를 만나는 건 아닐까?' 울기 일보 직전이었다.

집에 가자마자 곧장 위층으로 올라갔다. 컴퓨터를 켜고 에이오엘에 접속해 이메일을 확인했다. '편지가 도착했습니다.' 조안나 럼리의 목소리다. 나는 침을 꿀꺽 삼키고 침착, 침착을 외쳤다. 메일을 주고받는 친구가 다섯 명이 있다. 그 친구들 가운데 하나일지도 모른다. 열어 보니 아니었다. 메리 누나, 주소는 ABAXT779@AOL.COM으로 되어 있었다. 내용은 이랬다.

메리 듀허스트입니다. 그 아이라니? 장난인가요? 장난이라면 당신은 미쳤어, 미쳤어, 미쳤어. 사실이라면 최대한 빨리 위 주소로 연락 바랍니다.

난 너무나 놀라서 금쪽같은 시간이 흘러가는 줄도 모르고 멍하니 화면만 바라보고 앉아 있었다. 도저히 믿을 수가 없었다. 어마어마하게 희박한 확률. 메리 누나는 장난이냐고 했다. 이 메일이야말로 장난이라면? 장난 메일일까? 알 도리가 없다. 난 잠깐 생각에 잠겼다가 답장을 썼다.

언니, 나는 마파야. 빨리 와. 어쩌면 오늘, 어머니 아버지가 아무도 모르는 곳으로 이사를 가. 아이는 혐오라는 이름으로 지하실에서 6년을 살았어. 분수 속에 여인상이 있는 엽서 고마워. 아네트 언니도 잘 있지? 사랑하는 마파가.

그렇게 해야만 했다. 마샤를 틀리게 쓴 이름에다, 아네트와 엽서 얘기까지 했으니 내가 전한 메시지가 장난이 아니라는 걸 알 거다. 오늘 밤 'ABAXT779'가 이메일을 확인해서 메리 누나에게 곧장 전해 주기만을 바랄 뿐이다. 아네트의 주소인 듯도 싶어 희망을 품어 본다. 한시라도 빨리 마샤에게 전하고 싶었다. 씹지도 않고 허겁지겁 식사를 마치자마자 총알같이 집 밖으로 튀어나왔다. 엄마 아빠는 내가 완전히 미쳤다고 생각할 거다. 사랑에 빠졌거나.

> 스콧 이야기 #55 마사의 쪽지

첫 번째, 메리 누나의 메시지. 마사가 깜짝 놀랄 거다. 좋아서 어쩔 줄 몰라하겠지? 두 번째, 절대 잊으면 안 된다. 이사 갈 주소. 만에 하나 화가 난 마사네 부모님이 메리 누나가 오기 전에 야반도주라도 하면, 오늘 밤 'ABAXT779'에게 이사 간 주소를 이메일로 보내면 될 테니까. 두 가지가 해결되면 세 번째가 남는다. 제일 중요한 이야기. 단도직입적으로 마사에게 물어야 한다. 당연하다. 왜냐하면 기회는 다시 오지 않으니까. '나를 사랑해?' 제발, 스콧. 정신 차려. 어떻게 그런 말을 해. 얼굴을 보면서. 말도 안 돼. 마사가 웃음을 터뜨리면 어쩌지? 박장대소까지는 아니겠지만, 웃기는 웃을 거야, 내 마파는. 좋아. 그럼, 이건 어때? '편지해 줄래? 엽서도 괜찮고, 메리 누나처럼. 괜찮다면 그보단 자주. 내가 너한테 해 준 거에 비하면, 그 정도는 약과지?'

아니다. 그렇게 말해선 안 된다. 아니야. 마사도 연락하고 싶어 할 거야. 그러니까 다 빼고 이렇게만 하자. '편지해 줄래? 나도 편지할게.' 그래, 그게 좋겠다. 그 정도면 얼굴을 보면서도 할 만하다.

이렇게 중얼중얼 혼잣말에 열중해서 테일러 힐을 터벅터벅 걸어 올라갔는데, 다 헛수고였던 게, 마사네 집에 도착하기 직전, 울타리에 꽂힌 쪽지를 발견했기 때문이다. 처음에는 어떤 인간들이 생일이라고 붙여 놓곤 하는 쪽지려니 했다. 뭐, 이런 문구처럼. '해리 스팩, 오늘 마흔 살이 되다.' 하지만 틀렸다. 나한테 쓴 쪽지였다. 내 눈이 의심스러웠다.

　　스콧, 문 두드리지 마. 부모님 계셔. 이사는 화요일. 월요일까지 언니 소식 없으면 너희 부모님이나 선생님께 알려. 월요일까지는 기다려. 사랑하는 M.

'기다려'라는 말이 다른 부분보다 더 크게 쓰여 있었지만, 내 가슴을 콕콕 쑤신 건 '사랑하는'이라는 말이었다. 나는 내용은 보지도 않고 이 말 한 마디에 바보처럼 멍하니 입을 벌리고 서 있었다. 오토바이 한 대가 굉음을 내며 언덕 위로 올라오는 걸 보고서야 정신을 차리고 찬찬히 메시지를 읽어 보았지만 당장 내가 조치할 만한 일은 아니었다. 나는 궁리에 궁리를 거듭했다.

'부모님 계셔.' 그러니까 마사에게 메리 누나가 이 상황을 알고 있으며, 언제든 나타날 수 있다는 사실을 전하기는 틀렸다. 그렇다고 다짜고짜 문을 두드려 나오는 사람 아무한테나 말해 버릴 수도 없는 일이다. 그럼 당장 짐을 싸서 떠나 버릴 테고, 이사 갈 주소조차 남기지 않을 거다.

경찰? 아니다. '월요일까지는 기다려.' 그래야 한다, 그렇지 않을까? 문제는, 마사가 이 쪽지를 남긴 다음에 상황이 달라졌다는 거다. 혹시 메리 누나가 아니라면. 하지만 메리 누나가 맞고, 정말 여기로 오고 있다면 마사의 부모님이 눈치채지 못하게 마사에게 이 사실을 알려야 한다. 하지만 어떻게? 무슨 수로?

당장 내가 할 수 있는 일은, 마사 부모님이 보기 전에 이 쪽지를 없애는 거다. 나는 울타리에서 쪽지를 떼어 내서 대충 접어 주머니에 쑤셔 넣었다. 다행히 오지랖 넓은 행인들은 보이지 않았고 어쩌다 차들만 지나갈 뿐이었다. 나는 길을 건넌 뒤, 반대쪽으로 해서 마사네 집을 지나갔다. 모든 게 그대로인 듯했다. 창문으로 마사의 모습은 보이지 않았다. 도대체 무슨 수로 마사에게 자기 언니가 오고 있다는 사실을 전한단 말인가? 이사 갈 주소를 알아내고, 편지할 거냐고 묻기는 고사하고.

메리 누나가 올 때까지 여기서 버텨 볼까? 당연히 소란이 일어날 테고, 그 틈에 마사랑 얘기해 보자. 쪽지를 건네든지. 그래. 하지만 자정이나 내일, 아니면 일요일까지도 오지 않을지 모른다. 'ABAXT779'가 언제 이메일을 확인하느냐에 달려 있다. 그때까지 여기서 버틸 수는 없다. 안 그래? 아빠가 경찰에 신고할 거다.

방법이 있을 거야. 틀림없이. 여기에서, 집을 계속 주시할 수 있는 이 단풍나무 아래 그늘에서 머리를 짜내 보자. 마사의 쪽지를 조금 찢어 메모를 남겨도 괜찮겠다. 만약의 경우를 대비해서.

나는 벽에 기댄 채 안주머니에서 볼펜을 꺼내 내가 제일 좋아하는 낱말을 적었다. 마사.

마사 이야기

#56 이동 광선을 쏘아 줘, 스코티

아홉 시. 어두워지기 시작했지만 아직 스콧이 찾아올 낌새는 보이지 않았다. 한편으로는 안심이 되었다. 마음 반쪽에서는 내가 보고 싶어 찾아온 스콧이 내 메시지를 발견했다고 한다. 다른 반쪽은 계속 이렇게 속삭인다. 다 귀찮아서 스콧은 오지 않았어. 그 반쪽은 절망이다.

어머니가 올 시간이 다 되자, 어머니가 메시지를 볼까 봐 몹시 두려웠다. 그럴 리가 없어. 버스는 언덕 꼭대기에 어머니를 내려 줄 테고, 어머니는 옆집 울타리 같은 건 보지도 않고 곧장 현관문으로 들어오잖아. 어두울 때는 특히. 하지만 어머니가 본다면? 하얀 종이가 눈길을 끌어 호기심이 발동한다면?

전화벨이 울렸다. 아버지가 받았다. 나는 주방에 있고 전화는 현관에 있기 때문에 아버지가 보이지 않았다. 바로 전화를 끊는 걸로 봐서는 잘못 걸린 전화가 틀림없다. 나는 계속해서 식사 준비를 했다. 다시 전화벨이 울렸다. 다시 아버지가 전화를 받는 소리가 들렸다. 몇 초 뒤 쾅하고 수화기를 내려놓는 소리가 들렸다. 아버지가 투덜대며 이쪽으로 오는데, 주방에 들어서자마자 세 번째로 전화벨이 울렸다. 아버지는 되돌아가 수화기를 들고 소리쳤다.

"너 누구야? 뭐 하자는 거야? 계속 이런 식으로 하면 번호를 추적하겠어!"

아버지는 쾅하고 수화기를 내려놓았다.

지하실 우리 속의 그 애처럼, 내 가슴을 마구 두드려 대는 듯했다. 스콧일까? 설마 스콧이 그 정도로 정신이 나갔을 리가. 나는 마른 침을 삼키며 냉정을 유지하려 애를 썼다. 아버지가 오자 내가 물었다.

"누구예요, 아버지?"

제발 내 목소리가 아무렇지도 않게 들리기를.

"아무도 아니다."

아버지가 화난 목소리로 말했다.

"어머니가 곧 오실 게다."

서두르라는 뜻이다. 나는 가스레인지에서 주전자를 들어 끓는 물을 찻주전자에 옮겨 담았다. 손이 부들부들 떨렸다.

어머니가 들고 온 꽃다발을 조리대에 내동댕이치며 말했다.

"꽃이라니, 사흘 후면 이사 갈 사람한테. 나보고 어쩌라는 거야. 이딴 걸 곱게 싸서 가져가기라도 하란 말이야?"

어머니가 공장에서는 명랑한 사람이었나 보다. 뭐가 됐든 어머니가 선물을 받아온 건 기적이다. 내 쪽지를 보지 못한 건 확실했다.

"생각이 없는 거지."

아버지가 화를 내며 덧붙였다.

"하나같이. 방금 전화한 얼간이처럼."

"무슨 얼간이요?"

어머니가 카디건을 벗으며 물었다.

"글쎄, 할 일 없는 어린 새끼가 세 번이나 전화를 했어. 세 번을. 멀쩡한 사람들만 귀찮게 하지."

"뭐라고 했는데요?"

"말도 안 되는 소리야. '접속 성공, 모선 접근 중.' 과학소설 중독잔가. 번호 추적한다고 윽박지르니까 끊어 버리는 거 보면 뻔하지. 생각도 없고 용기도 없는, 그런 놈."

가까스로 평소처럼 행동했지만 도저히 음식이 넘어가지 않았다. 아버지가 숟가락을 내려놓자마자 자리에서 일어나 내 방으로 올라갔다. '접속 성공, 모선 접근 중.' 스콧이다. 스콧이어야 한다. 언니와 인터넷으로 연락이 닿았고, 언니가 지금 오고 있다는 사실을 알리려고 스콧이 건 전화다. 과학소설이 아니에요, 아버지. 과학적 사실이죠.

이동 광선을 쏘아 줘, 스코티.*

---

*영화 〈스타트랙〉에 나오는 유명한 대사. 영화 속에서 스코티가 쏘는 광선에 맞으면 순간 이동을 할 수 있게 된다.

스콧 이야기 #57 접속 성공, 모선 접근 중

마사의 아버지가 수화기에 고래고래 소리를 질러 댔다. 귀청이 떨어질 정도로. 마사에게 경고를 보내기 위해 내가 생각해 낸 유일한 방법, 세 통의 전화. 솔직히 말하면, 뿌듯하다. '접속 성공, 모선 접근 중.' 늦은 밤 아홉 시 공중전화 박스 안, 압박감에 시달리던 아이의 머릿속에서 나온 그럴듯한 묘안. 물론 먹히지 않을 수도 있다. 나도 안다. 아저씨가 식구들에게 말하지 않으면 쓸데없이 시간만 낭비한 꼴이다. 그래서 세 번이나 걸었다. 그래야 내 말을 정확히 기억하고 머리끝까지 화가 나서 마사가 듣는 데서 그대로 되풀이할 테니까. 마사가 알아채리라는 것은 의심의 여지가 없다. 영리한 친구니까. 내 친구 마사. 그렇다. 메리 누나가 올 거라는 사실을 알리기 위해 내가 할 수 있는 일은 다 했지만 아직도 마사네 부모님이 마사를 어디로 데려갈 것인지, 마사가 나한테 편지를 쓸 마음이 있는지는 알아내지 못했다. 공중전화 박스에서 나왔을 때는 이미 어둑어둑해진 터라 집으로 돌아가야 했다. 내일 아침, 아스다에 마사가 나타날지 궁금했다. 그럴 것 같지는 않지만, 그래도 난 기다리고 있겠지.

테일러 힐 저편에서 벌어질 일을 머릿속으로 그려 보며 길고

긴 밤을 보냈다. 복수의 천사처럼 집으로 하강한 메리 누나, 마음씨 좋은 어머니를 마구 때리고 사랑하는 아버지의 목을 조른 뒤, 아이를 낚아채 반짝이는 빨간색 포르쉐에 태워 굉음과 함께 사라져 버린다. 아니면 더 조용한 방법을 택할지도 모른다. 살금살금 앞마당으로 기어들어와 신용카드로 자물쇠를 따고 까치발로 지하실 계단을 내려간다. 아침에 깨어난 듀허스트 부부는 아이가 감쪽같이 사라진 걸 알았지만 흔적조차 찾을 수 없다. 잠을 자긴 했는데 도저히 잠을 잔 것 같지 않았다.

　아홉 시도 되기 전에 아스다로 가 기다렸지만 마사는 나오지 않았다. 당연히 나타나지 않았다. 어쩌면 어젯밤 내가 망보기를 포기하고 철수한 지 채 오 분도 되지 않아 메리 누나가 나타났을지도 모른다. 경찰을 데려왔을 수도 있다. 저 위에서는 오늘 아침 무슨 일이든 일어날 수 있다. 무슨 일이든. 주차장을 어슬렁거리다 아홉 시 반이 되자 내 눈으로 직접 확인해 보려고 마사네 집으로 출발했다.

마사 이야기 #58 가자, 마파!

고약한 밤이었다. 한편으로는 고약했지만, 다른 한편으로는 긴장감 넘치는 그런 밤이었다. 언니가 언제 나타날지 몰라 옷도 벗지 않고 잠자리에 들었지만 침대에 오래 누워 있을수록 전화에 대한 의구심만 더욱 깊어졌다. 그 전화를 스콧이 걸었다는 아무런 증거도 없다. 아버지 말씀이 옳을지도 모른다. 술에 취한 과학 소설 중독자. 시간은 느릿느릿 흐르는데 아무 일도 없자, 그럴 가능성만 점점 더 커져갔다. 그 전화가 스콧이 아니라면, 스콧이 집 근처에 오지도 않았다면, 아침이 되어도 내 쪽지는 이웃집 울타리에 붙어 있겠지. 누구나 볼 수 있게. 아버지가 볼 수 있게.

나는 기도했다. 평상시의 잠자리 기도와는 달랐다. 참을 만큼 참은, 혼란에 빠진 아이의 기도. '하나님 아버지, 어머니 아버지의 기도를 들으셨겠지만 우리에 아이를 키우는 건 당연히 옳지 않습니다. 하나님이 어머니 아버지에게 말씀하셨는데 두 분이 잘못 들었나 봐요. 두 분이 벌을 받는 것도 원치 않고 나쁜 아이가 될 마음도 없습니다. 전 그저 어린아이는 사랑을 받고 햇살을 누릴 자격이 있다고 생각할 뿐이에요. 당신이 그런 생각을 심어 주시지 않았다면 어떻게 제가 그런 생각을 했겠사옵니까. 부디 언

194

니가 빨리 오게 해 주세요. 아멘.'

 기도를 마치고 나도 모르는 사이에 잠이 들었나 보다. 일어나 보니 날이 밝았고 찌르레기 소리가 들려왔다. 자리에서 일어나 옷매무새를 가다듬었지만, 그래봤자 초라해 보이기는 마찬가지였다. 세수하고 머리를 빗은 다음 아래층으로 내려갔다. 부모님은 식탁에 앉아 있었다. 우리는 아침 인사를 나눴다. 어머니가 죽을 내왔다. 아이는 아래에서 발로 차고 난리를 치는 중이었다. 여느 토요일 아침과 다를 바가 없었다. 나는 예전처럼 스콧이 아스다에서 기다리고 있을지 궁금했다.

 "어머니?"

 "왜, 마사?"

 "오늘 아침에 슈퍼마켓에서 살 거 없어요?"

 "고맙지만 없는 것 같구나. 이사 갈 때까지는 이렇게 지내고 화요일 저녁에 워튼에서 사면 되겠지."

 "네."

 가슴이 쿵, 내려앉았다. 내 쪽지를 없애고 스콧도 보고 싶었는데.

 "네가 도와 줄 일이 있다. 이삿짐센터 직원들이 올 테니까 헴오한테 가 보고, 드라이버를 가져다가 네 방 가구들을 벽에서 떼어내거라."

 아버지가 말했다.

"네, 아버지."

기도가 제대로 전달되었다면 언니가 왔을 테고, 이런 우울한 일들은 일어나지 않았을 텐데. 이천 번째로 지하실 계단을 내려가면서 속으로 생각했다. '내 기도가 전달되지 못한 거야.' 하마터면 울 뻔했다.

삼사 분 후 아이 입가에 묻은 음식 찌꺼기를 닦아내고 있는데 현관문을 두드리는 소리가 들렸다. '우체부야.' 부질없는 희망 때문에 괜히 마음만 다치기 싫어 혼잣말로 중얼거렸다. 대야에 수건을 던져 놓고 기저귀 쪽으로 손을 뻗었다. 아버지가 열쇠를 돌리고 빗장을 푸는 소리가 들렸다.

"너!"

아버지의 목소리, 놀람과 분노가 함께 섞여 있었다. '누구지? 스콧? 아니야.' 여자 목소리. 그렇다면…… 언니가? 나는 계단 쪽을 뚫어져라 쳐다보며 자리에서 일어섰다. 축축한 기저귀 탓에 아이가 추운지 떼를 쓰기 시작했다.

"내 아기 어디 있어요?"

날카로운 목소리였다.

"내 아이 내 놔요, 당장!"

"아이?"

아버지가 다급하게 말했다.

"제정신이야? 그 아이는 여기 없다. 입양됐어, 육 년 전에. 우리는 알지도……."

"그 앤 여기 있어요, 저 지하실에. 마사가 이메일을 보냈어요. 비켜요, 안 그러면………."

"이메일? 마사가 이메일을? 정말 미쳤구나. 여기에 이메일 따위가 어디 있어. 여보!"

아버지가 어머니를 불렀다.

"와서 이 정신병자…… 이 매춘부 같은 년이, 지 새끼가……."

머릿속에서 뭔가 이상한 변화가 일어난 건 바로 그때였다. 정말정말 이상한. '내 아기'라는 말 때문인 것 같았다. 나는 아이를 바라보았다. 그 애를 아이로 바라본 게 이번이 처음인 듯싶다. 그 애는 내가 한때 생각했던 괴물도 아니었고, 나를 성가시게 하는 골칫덩이도 아니었다. 내가 맡은 집안일도, 부끄러운 비밀도 아닌 사람의 아이. 우리에 갇힌 채 똥오줌을 싸고, 닭장 속의 닭처럼 창살 사이로 밥을 받아먹는 그런 존재가 아닌, 다른 여섯 살 아이들처럼 햇살을 받으며 살아가야 할, 허약하지만 잘생긴, 잿빛 눈을 가진 아이였다. 물끄러미 아이를 바라보다 그 동안 나 역시 얼마나 엄청난 죄를 방관해왔는지 마침내 깨달았다.

나는 눈물을 흘리며 계단 쪽으로 달렸다.

"언니!"

나도 모르게 말이 터져 나왔다.

"여기야!"

아버지는 욕설을 퍼부었고 난투극이 이어졌다. 어머니가 울부
짖기 시작했다. 정신없이 우리에서 아이를 안아 올려 계단을 올
라갔다. 아이는 가벼웠다. 거의 무게가 느껴지지 않을 정도로. 나
에게 등을 보인 채 계단 맨 위에 서 있던 아버지는 양팔을 쫙 펴
서 나를 가로막아 언니가 아이를 보지 못하게 하려고 안간힘을
썼지만, 막다른 곳에 다다른 지금, 그 무엇도 나를 막을 수는 없
다. 그 어떤 것도. 나는 옆으로 몸을 휙 틀어 어깨로 아버지의 등
허리 쪽을 거세게 밀어붙였다. 그래봤자 아주 조금 움직였을 뿐
이었지만 얼핏 눈에 띈 아이의 모습, 언니에겐 그걸로 충분했다.
언니는 어머니를 휙 밀어붙이고 아버지에게서 한 발짝 물러나더
니 내 팔에서 아이를 낚아채고는 열린 문을 향해 내달렸다. 아이
는 두 손으로 눈을 가리고 비명을 질러 댔다. 현관으로 흘러들어
오는 빛 때문이었다. 햇빛. 태어나서 단 한 번도 밝은 세상에 나
와 본 적이 없던 아이였다. 그렇지 않아도 햇빛 때문에 정신이 하
나도 없을 텐데, 난생 처음 보는 여자의 품에 안겨 있으니 그 얼
마나 공포에 질렸을까. 언니가 가고 나면 어머니 아버지가 나에
게 무슨 짓을 할까? 문득 그런 걱정이 머리를 스치는데, 갑자기
언니가 몸을 멈추고 돌아서더니, 한 손을 나에게 뻗었다.

"가자, 마파, 어서!"

나도 함께 구출될 수 있다는 생각은 단 한 번도 해본 적이 없었
지만, 나는 한 치의 망설임도 없이 깡마르고 초라한 이방인에게

손을 맡긴 채 길을 따라 달려갔고, 시동이 걸린 고물차 운전석에는 또 다른 이방인이 앉아 있었다. 정신없이 뒷좌석으로 들어가 문을 쾅 닫았다. 내가 마지막으로 본 광경은 마치 세상의 종말이라도 본 듯 멍하니 계단에 서 있는 어머니의 모습이었다.

 #59 내 생각하고 있니, 마사?

언덕을 절반쯤 올라갔을 때 낡은 소형 자동차 한 대가 연기를 내뿜으며 내려왔다. 덜그덕거리는 시끄러운 소리에 눈길을 돌리는 순간, 마사의 모습이 눈에 들어왔다. 나는 속으로 생각했다. '가는구나. 마사를 데리고 내가 모르는 곳으로 가 버리는구나.' 당연히 부모님과 함께인 줄 알았다. 쌩하고 차가 지나가고 나서 차 뒤꽁무니를 뚫어지게 바라보는데, 그들이 아니었다. 얼핏 본 세 사람은 모두 여자였다.

그게 토요일이었다. 지금은 월요일. 나는 마사를 생각하며 공원 벤치에 앉아 기분 좋은 일들을 손가락으로 헤아려 보며 스스로를 위로하는 중이다.

하나, 아이는 우리 안에 있지 않고 아이의 엄마와 함께 있다.

둘, 그 끔찍한 집에 마사는 없다. 마사가 고이 간직해 둔 갈기갈기 찢긴 슬픈 엽서들의 주인공, 바로 언니와 함께 있다.

셋, 생난리가 났지만 듀허스트 부부의 비밀을 아는 이는 아무도 없으니, 두 사람이 벌을 받을 염려도 없다. 마사가 바라던 바다.

넷, 마사는 사이몬과 트레이시는 물론, 학교의 다른 얼간이들과 영영 이별이다.

나만 남겨졌다. 마사는 가 버렸고, 마사를 사랑했기에 행복한 척하지는 못하겠다. 아, 엄마가 뭐라 할지 잘 안다. 너는 사랑에 빠질 수가 없어, 스콧. 사랑이 뭔지도 모르잖아. 글쎄, 어쩌면 엄마 말씀이 옳을지도 모른다. 엄마가 아빠를 사랑하거나, 내가 엄마를 사랑하는 방식과는 다를지라도, 나는 똑같이 마사를 사랑했다. 사랑에도 여러 종류가 있으며, 종류야 많을수록 좋은 거 아닌가? 한 가지 사랑만으로는 턱없이 부족할 테니.

내 생각하고 있니, 마사?

마사 이야기 #60 내 첫 이메일의 주인공, 과연 누굴까?

깡마르고 초라한 이방인. 그게 메리 언니다. 마음 속으로 상상해왔던 무모하고 스릴 넘치는 여자 모험가와는 거리가 멀었다. 뜻밖에 언니는 나만큼이나 불행했다. 이 도시 저 도시로 옮겨 다니며 낮은 임금에 허덕이고 지독히 힘들게 하루 종일 일만 하면서도 늘 뭔지 모르는 무언가를 찾아 헤맸다.

이제는 안다. 아니, 언니가 그렇게 말했다. 그 무언가는 바로 '짐'이었다고. 짐, 혐오라 불렸던 아이. 아네트 언니는 짐을 되찾으면서 메리 언니가 완전히 다른 사람이 되었다고 했다. 짐은 정말 예쁘지만 다루기 힘든 아이다. 행동이 아기 수준에 머물러 있기 때문에 학교에도 갈 수 없지만, 많은 사람들이 짐을 돕고 있다. 언니는 짐에게 말을 가르친다. 짐에게 하루에 열 권씩 이야기책을 읽어 주고, 시간마다 짐과 재잘재잘 수다를 떨어 주었더니, 이제는 짐도 제법 대답을 하기 시작했다. 내가 자기 간수였다는 사실을 잊은 듯, 내가 안아 주면 가만히 있어 주는 게 무엇보다 기쁘다. 그게 어린아이들이 사랑하는 방식이다. 조건 없는 사랑. 어쩔 때는 내가 안아 주면 나를 꼭 마주 안아 주기까지 하는데, 내가 그런 사랑을 받을 자격이나 있는지 미안한 마음뿐이다.

다시 학교에 다니기 시작했는데, 이제는 나도 다른 애들처럼 옷을 사다 입으니 걱정할 일이 없다. 나는 더 이상 누더기 앤이 아니다. 어떤 애들은 나를 '마'라고도 부르지만, 다정하게 불러 준다. 돈이 별로 없어서 여기서도 수학여행 같은 건 엄두를 못 내지만 나 혼자만 그런 것도 아니고, 그런 건 아무래도 괜찮다.

어머니와 아버지가 그립다. 거짓말처럼 들리겠지만 사실이다. 끔찍한 짓을 저질렀지만 당신들은 그게 옳다고 믿었고, 결국 모두를 잃었다. 부모님이 다시는 나를 받아들이지 않겠지만, 만에 하나 허락한다 해도 돌아갈 마음은 없다. 언니와 함께 잘 살고 있으리라고, 더 편안한 어딘가에서 험한 세상을 헤치며 영원히 잘 살 거라 믿고 있으리라. 내 사랑을 담아, 나 역시 주소 불명의 엽서를 보내 보지만, 이미 반으로 찢겨 쓰레기통에 버려졌겠지.

수요일이 오기만을 손꼽아 기다리고 있다. 수요일 오후는 아네트 언니가 쉬는 날이라 인터넷에 들어가는 방법을 알려 준다고 약속했기 때문이다. 아, 인터넷.

내 첫 이메일의 주인공, 과연 누굴까?

옮긴이의 말 두 얼굴을 가진 매력적인 작품

『누더기 앤』은 두 얼굴을 가진 매력적인 작품이다. 처음 읽을 때에는 '혐오'의 비밀을 둘러싼 긴장감 넘치는 차가운 스릴러였다. 혐오의 정체가 뭘까? 사람일까? 동물일까? 호기심과 두려움에서 출발하여, 혐오의 숨겨진 비밀이 밝혀지고, 숨 막히는 마지막 탈출의 순간에 이르기까지 정신없이 책장을 넘겼다. 그런데 막상 번역을 마치자, 이 작품은 친구와 가족, 우정과 사랑을 생각하게 하는 따뜻한 성장소설로 남았다.

열한 살이던 초등학교 4학년 시절, 친했던 친구가 전학을 가고 난 뒤 나는 다른 친구들 무리에 끼지 못하고 쉬는 시간이든 점심시간이든 혼자 있는 시간이 많았다. 딱히 집단따돌림을 당한 것은 아니었지만 스무 해를 훌쩍 넘긴 지금도, 이 책의 주인공 마사를 보며 문득 그때의 외로움이 떠오른다.

마사는 열네 살. 부모의 그릇된 종교적 신념으로 집에서는 학대를, 학교에서는 집단 따돌림을 당한다. 대화할 상대는 물론, 마음을 나눌 친구 하나 없는 가엾은 소녀였다. 스콧과 친구가 되기 전까지는. 새로 전학 온 남학생 스콧은 자상한 부모가 있는 평범한 가정의 아이로, 자신의 말대로 마법에라도 걸린 듯 마사에게 이끌리고 둘은 친구가 된다.

 스콧은 겉으로 보이는 게 전부가 아니라는 걸 잘 알고 있는 현명한 친구다. 스콧은 단지 외로운 마사의 곁을 지켜 주었을 뿐이었지만, 스콧을 만난 다음부터 마사는 변하기 시작한다. 못된 친구들의 괴롭힘에 무기력하게 당하기만 하던 왕따에서 할 말은 할 줄 아는 자신감 넘치는 아이로, 집안의 엄격한 규칙과 혐오의 비밀에 짓눌려 숨죽이며 살아가던 딸에서 자신의 삶을 살려고 노력하는 용기 있는 소녀로 성장한다. 마사의 말대로 우정의 힘은 참으로 대단하다. 그리고 우정을 키워 가던 마사와 스콧이 어렴풋한 사랑의 감정을 느끼는 부분에서는 남자아이와 여자아이의 마음 속을 들여다보는 듯, 나 역시 학창시절에 누군가를 좋아하며 설레던 마음이 생각나 입가에 절로 미소가 번졌다.

 『사라지는 아이들』로 카네기 상을 수상한 청소년소설의 대가답게 작가는 『누더기 앤』에서 학교 내에서의 심각한 왕따 문제, 부모의 어긋난 신념에서 비롯된 체벌과 방임, 그리고 마사와 스콧 사이의 풋사랑 등 청소년기의 예민한 문제들을 사실적으로 그리고 있다. 1990년대 말 영국이라는 배경에도 불구하고 현재 우리나라의 현실과 비교해 보아도 공감이 가는 부분이 많은 훌륭한 작품이다. 또한 『사라지는 아이들』과 마찬가지로 이 작품에서도 주인공인 두 사람의 시점이 교차하며 이야기가 진행된다. 마사의 입장과 스콧의 입장이 번갈아 나오면서, 한 가지 이야기를 서로 다른 입장에서 바라볼 수 있기에 이해의 폭이 넓어지며 읽는 재미 또한 배가된다. 또한 지금은 우리에게 너무나도 익숙한 인터넷이라는 수단이 1998년 당시 이 작품에서는 혐오를 구출하는 결정적인 열쇠가 된다는 점도 흥미롭다.

마지막으로 이 작품을 읽으며 부모와 가족의 의미에 대해 다시 한 번 곱씹게 된다. 이 세상에 자식을 사랑하지 않는 부모가 있을까. 더욱이 우리나라 부모의 자식 사랑은 각별하기로 유명하다. 하지만 자녀는 부모의 소유물이 아니라 하나의 소중한 인격체임을 잊고 사는 것은 아닌지. 마사의 부모처럼 극단적인 경우는 아니라고 해도 사랑이라는 이름으로, 자녀를 위한다는 이름으로 우리의 소중한 자녀들에게 학대 아닌 학대를 하고 있는 것은 아닌지 반성하게 된다. 어긋난 부모의 사랑은 자녀에게 약이 아니라 독이 될 수도 있음을 마음 속에 되새겨 본다.

2008년 10월 **천미나**

누더기 앤

펴낸날 | 초판 1쇄 2008년 12월 20일
　　　　초판 6쇄 2014년 10월 30일

지은이 | 로버트 스윈델스
옮긴이 | 천미나
펴낸이 | 정현문
편　집 | 양덕모, 조민선
마케팅 | 박희준
디자인 | Design Esther

펴낸곳 | 책과콩나무
출판등록 | 2007년 7월 23일 제313-2007-000153호
주소 | 서울시 마포구 양화로7길 12 명광빌딩 4층
전화 | 02-3141-4772(마케팅), 02-6326-4772(편집)
팩스 | 02-6326-4771
이메일 | booknbean@naver.com
블로그 | http://blog.naver.com/booknbean

ISBN 978-89-961001-4-0 43840
값 9,500원

이 도서의 국립중앙도서관 출판시도서목록(CIP)은 e-CIP 홈페이지
(http://www.nl.go.kr/cip.php)에서 이용하실 수 있습니다.
(CIP제어번호 : CIP2008003371)

＊잘못된 책은 구입한 곳에서 바꾸어 드립니다.
＊이 책 내용의 전부 또는 일부를 재사용하려면 반드시 저작권자와
책과콩나무 양측의 동의를 받아야 합니다.